_____ 에게

_____ 가(이) 선물합니다.

_____

카라마조프가의 형제들

도스토옙스키 지음

톨스토이와 함께 19세기 러시아 문학을 대표하는 세계적인 대문호입니다.
처녀작 「가난한 사람들」을 발표하면서 이름이 널리 알려졌으며, 페트라셰프스키
사건에 연루되어 사형 선고를 받았으나 황제의 특사로 죽음을 면하고 시베리아
옴스크 감옥에 유배되기도 했습니다. 주요 작품으로 「죄와 벌」, 「학대받는 사람들」,
「백치」, 「미성년」, 「악령」, 「네트치카 네즈바노바」 등이 있습니다.

신충행 엮음

일본에서 태어나 경남 산청에서 자랐습니다. 진주교육대학을 졸업했으며, 한국문인협회와
한국아동문학인협회 회원이면서 시민단체 사랑의 일기 지도 교사 전국협의회 회장입니다.
계몽아동문학상 · 경남아동문학상 · 한국동화문학상 · 남명문학상 등을 받았으며, 그동안 펴낸
책으로는 「꿈꾸는 바람개비」, 「바다로 간 꼴뚜기들」, 「수녀님의 아이들」 등 40여 권이 있습니다.

2021년 11월 25일 2판 4쇄 **펴냄**
2011년 8월 25일 2판 1쇄 **펴냄**
2004년 4월 1일 1판 1쇄 **펴냄**

펴낸곳 (주)효리원
펴낸이 윤종근
지은이 도스토옙스키
엮은이 신충행 · **그린이** 로우
등록 1990년 12월 20일 · **번호** 2-1108
우편 번호 03147
주소 서울시 종로구 삼일대로 457, 406호
전화 02)3675-5222 · **팩스** 02)765-5222

ⓒ 2004 · 2011. (주)효리원

ISBN 978-89-281-0110-8 64890

이메일 hyoreewon@hyoreewon.com
홈페이지 www.hyoreewon.com

카라마조프 가의
형제들

도스토옙스키 지음
신충행 엮음 · 로우 그림

 효리원
hyoreewon.com

도스토옙스키의 이 작품에는 욕심 많고 음탕한 아버지 표도르,

야성적 정열이 넘치는 장남 미챠(드미트리), 허무주의에 젖은

무신론자 이반, 훌륭한 장로 조시마에게 감동한 알료샤,

표도르와 정신 이상인 거지 여자 사이에서 태어난 스메르쟈코프

등 수많은 인물과 사건이 등장한다.

미챠는 아버지를 살해한 혐의로 재판을 받게 되는데, 배심원들이

유죄를 선고한다. 그러나 범인은 간질 환자 스메르쟈코프다.

등장인물들은 하나같이 성격이 독특하고 개성이 강하다.

선한 사람도 있지만 대부분 악랄하고 음탕하거나 무능하며

위선적인 성격의 소유자들이다.

스스로를 어릿광대라고 표현하기를 좋아하는 물욕 덩어리인

아버지 표도르는 어린이들이나 우리나라 사람들의 상식으로는

이해하기 힘든 면이 많다.

미챠, 이반과 더불어 재산 싸움을 벌이는 것도 그렇지만, 아들을

끝없이 의심하고 헐뜯으며 으르렁거리는 모습은 추악하기 짝이

없어 보인다. 그보다 더한 것은 젊고 아름답지만 천박하고 나쁜 소문을 누더기처럼 걸치고 사는 술집 여자 그루셴카를 사이에 두고 아들과 벌이는 사랑 싸움이다.

그러나 우리 어린이들은 표도르를 단순히 아버지로만 보아서는 안 된다. 작품 속의 그는 상징적인 인물이기 때문이다. 자신의 욕망을 달성하기 위해서라면 무슨 일이든지 할 수 있는 세상의 악인들을 대표하는 인물인 것이다.

한편 미챠의 재판에서 피의자가 아무리 무죄를 주장해도 눈도 깜짝하지 않고 오로지 범인으로 확정짓기에만 몰두하는 검사의 수사 태도는 독자의 분노를 불러일으키게 만든다. 검사는 권력을 상징하며, 배심원들의 유죄 평결 또한 사회에 널리 퍼져 있는 부조리를 보여 주는 장면이다.

우리는 선과 악이 공존하는 사회에서 살아가고 있다. 조금씩 닮은 데와 다른 면을 가지고 서로 다투기도 하고 화해하기도 하면서……. 문제는 서로를 인정하고 이해해야 한다. 상대방을 배려하는 마음만 있다면 세상은 아름다움으로 가득 찰 것이다.

엮은이 신흥협

| 차례 |

카라마조프의 가문

표도르 파블로비치 카라마조프는 지주였다. 또한 사업 수단이
좋아서 술장사 등으로 큰돈을 벌었다. 그러나 그는 눈치가
없고 실없는 짓을 잘했으며 방탕한 생활을 했다.
두 번 결혼한 표도르는 아들 셋을 두었는데, 맏아들
미챠(드미트리)는 첫 번째 부인이 낳았고, 이반과
알료샤(알렉세이)는 두 번째 부인이 낳았다.
첫 번째 부인 아젤라이다 이바노브나는 꽤 유명한
미우소프라는 귀족 집안의 딸이어서 시집 올 때 지참금을
많이 가지고 왔다.
그녀는 화가 나면 물불을 가리지 않는 성격이지만, 얼굴이

예쁘고 영리했다. 그런 그녀가 건달 같은 표도르와

왜 결혼을 했는지, 사람들은 그 이유를 몹시 궁금해했다.

그런데 집까지 뛰쳐나와 결혼한 그녀는 표도르에게 금방

싫증을 느꼈다.

그건 표도르도 마찬가지였다. 두 사람은 마주쳤다 하면

다투었다. 결국 아젤라이다는 세 살 난 아들 미챠를 놔두고

집을 나가 버렸다.

그러자 표도르는 온갖 여자들과 주정꾼들을 집으로 불러들여

술로 세월을 보냈다. 그리고 창피한 줄도 모르고 아내에게

버림받은 일을 눈물을 질금질금 흘려 가면서 떠벌렸다.

"자네는 아내에게 버림받은 것을 감투라도 쓴 것처럼

생각하나 보군."

사람들은 그런 표도르를 멸시했다.

아무튼 표도르는 과장되고 우스꽝스러운 몸짓으로 자신의

속마음을 드러내는 어릿광대 같았다.

방탕에 빠져 있던 표도르는 아젤라이다가 페테르부르크에서

죽었다는 소식을 듣고 거리로 뛰쳐나가 만세를 부르며

좋아했다. 그러다가 어린 아이처럼 엉엉 울어댔다.

아마 아내로부터 완전히 해방된 것이 기쁘면서도 슬펐던

모양이었다. 그런 모습을 보고 사람들은 그를 측은하게

여기기도 했다.

표도르 같은 사람이 어떤 아버지였을지 상상하는 일은 별로

어렵지 않다.

그가 방탕에 빠져 지내는 동안 하인 그리고리가 세 살 난

미챠를 돌봐 주었다.

아젤라이다가 죽은 지 1년이 지났을 때였다. 그녀의 사촌오빠

알렉산더 미우소프가 찾아왔다.

그는 미챠를 자기가 데려다 키우겠다고 말했다.

"우리 집에 그런 아이가 있었던가?"

표도르는 미우소프가 미챠를 데려가겠다고 하자 어리둥절한 표정으로 되물었다. 그만큼 아들에게 무관심했던 것이다.

"당신 같은 사람은 아버지 자격이 없소."

미우소프는 화를 버럭 냈다. 그리고 미챠에게 어머니가 남긴 땅과 집을 상속받게 해 주고 후견인이 되었다. 하지만 파리에 사는 미우소프는 가정이 없었으므로 미챠를 모스크바에 살고 있는 누님에게 맡겼다.

그런데 미우소프의 누님이 세상을 떠나는 바람에 미챠는 그녀의 딸네 집으로 갔다. 그 후로도 네 번이나 집을 옮겨 다녔다.

어머니의 재산을 물려받은 미챠는 어른이 되면 충분히 자립할 수 있을 것이라는 희망을 가지고 자랐다. 그러나 중학교를 다니다 그만두고 군사학교에 들어가 장교가 되었는데, 근무 중에 결투를 하여 졸병으로 강등되는 등 젊은 시절을 방탕하게 보냈다. 아버지의 무절제하고 자유분방한 성격을 그대로 물려받은 것이었다.

성년이 된 미챠는 고향에 잠깐 다니러 갔다. 어려서 고향을

떠난 미챠가 아버지를 만난 것은 그 때가 처음이었다.

미챠는 아버지 표도르가 마음에 안 들었다. 표도르도 아들 미챠가 난폭하고 경솔하다는 것을 눈치챘다.

표도르는 그런 미챠에게 얼마 동안은 푼돈이라도 대주어야 말썽을 부리지 않을 것이라고 생각했다. 그래서 미챠가 성질을 부릴 때마다 돈을 조금씩 주었다.

4년 후, 미챠는 어머니에게 상속받은 재산을 처분하기 위해 고향으로 돌아왔다. 그런데 자기 재산은 한 푼도 남아 있지 않았다.

미챠는 표도르가 무슨 속임수를 쓴 것이 아닌가 의심을 품었지만 어쩔 수가 없었다. 그 일로 그는 몹시 화가 나 있었다.

표도르는 미챠가 미우소프를 따라가자마자 소피아라는 젊은 처녀와 결혼을 했다.

소피아는 어려서 부모를 여의고 어느 부유한 장군의 미망인에게 맡겨졌다.

그녀는 자라면서 미망인의 끝없는 잔소리와 변덕에 질려 있었다.

열다섯 살 때는 이렇게 사는 것보다 강물에 뛰어드는 것이
낫겠다고 생각할 만큼 절망에 빠져 있었다.

그 때 늙은 표도르가 청혼을 했다. 소피아는 기다렸다는 듯
그를 따라나섰다.

장군의 미망인은 펄펄 뛰며 욕을 퍼부었다. 표도르는
소피아와 결혼하면서 지참금은 한 푼도 얻어 내지 못했다.
그러나 손해를 보았다고는 생각하지 않았다. 소피아의 젊고
아름다운 모습에 반해서 결혼했기 때문이다. 하지만 표도르는
소피아가 지참금을 갖고 오지 않은 것을 약점으로 삼아
함부로 대했다.

표도르의 고집 센 하인 그리고리는 아젤라이다를 좋아하지
않았다. 그러나 얌전한 소피아에겐 든든한 후원자였다.
소피아에게 함부로 구는 주인에게 대들기도 하고, 술을 먹고
난장판을 벌이는 주인의 친구들을 내쫓기까지 했다.
소피아는 표도르와의 불행한 결혼 생활을 견디지 못하고
신경병을 앓다가 결국 8년 만에 아들 이반과
알료샤(알렉세이)를 두고 세상을 떠났다.
알료샤가 겨우 네 살 때였다.

어머니가 죽자 두 아이도 미챠와 마찬가지로 아버지에게서
버림받고 그리고리 부부의 손에 자라게 되었다.

소피아가 죽은 후 장군의 미망인이 표도르의 집에 나타났다.
미망인은 표도르를 보자마자 뺨을 후려치고는 곧장 아이들이
있는 하인의 방으로 갔다. 그리고 아이들을 마차에 태워서
자기 집으로 데려갔다. 그 미망인은 죽으면서 이반과
알료샤에게 1천 루블씩의 양육비를 남겼다.

미망인의 재산을 대부분 상속받은 사람은 예핌이었다. 그는
양심적인 사람이어서 이반과 알료샤를 데려다 길렀으며,

아이들 몫으로 남긴 양육비는 한 푼도 축내지 않고 저축해
두었다.

이반은 말수가 적고 무뚝뚝했지만 대여섯 살 때부터 공부에
뛰어난 소질을 보였다. 그는 자라면서 자기와 동생은 남의
집에 얹혀 살며, 아버지는 입에 담기조차 부끄러운
사람이라는 걸 알았다.

예픔은 이반이 열세 살이 되자 모스크바의 한 기숙 학교에
입학시켰다. 그리고 이반이 대학교에 입학했을 때 세상을
떠나고 말았다.

그 동안 저축해 둔 양육비는 이자가 불어나 3천 루블이
되었다. 하지만 절차가 까다로워서 돈을 찾아 쓸 수가 없어
이반은 2년 동안 고학을 했다.

처음에는 가정교사를 하다가 원고를 번역하기도 하고 신문에
글을 쓰기도 했다. 이반의 글이 사람들의 눈길을 끌어서
이름이 꽤 알려지게 되었다.

그는 대학을 졸업하고 나서 외국 여행을 떠날 생각으로
아버지를 찾아갔다.

그런데 사실 이반은 아버지의 얼굴도 잘 모르고 있었다. 그런
이반이 아버지와 사이좋게 지내는 것을 보고 사람들은 매우

신기하게 생각했다. 누구보다도 놀란 사람은 미우소프였다.

더 이상한 일은 이반이 온 뒤부터 표도르의 행동이

점잖아졌다는 것이다. 이반이 아버지의 집에 온 이유는 형

미챠 때문이었다. 그는 모스크바에 있을 때부터 미챠와

편지를 주고받았지만 만난 것은 이번이 처음이었다.

아무튼 이반은 사람들에게 수수께끼의 인물이었으며, 그가

고향에 돌아온 이유도 그랬다.

막내 알료샤는 형들보다 1년 전에 고향에 돌아와 있었다.

이반이 돌아옴으로써 표도르의 아들 삼형제는 처음으로 한

자리에 모인 것이다.

그 때 알료샤는 스무 살, 이반은 스물네 살, 미챠는 스물여덟

살이었다.

알료샤는 수도원생이었는데 착하고 신앙심이 깊었다.

알료샤가 수도원에 들어간 것은 종교 생활에서 많은 감동을

받았기 때문이다.

알료샤는 어릴 때부터 좀 특이한 아이였다. 겨우 네 살 때

세상을 떠난 어머니의 얼굴과 사랑을 기억하고 있었다.

그 기억은 어둠속에 스며드는 한 줄기 빛과 같았으며, 낡고

색이 바랜 커다란 화폭에 선명히 남아 있는 그림과도 같았다.
어느 여름날 저녁, 창문으로 들어오는 달빛과 방 한쪽에
모셔놓은 성모 마리아, 그 앞에 밝혀 둔 촛불, 그리고 두 팔로
자신을 껴안고 흐느껴 울던 어머니……. 알료샤는 그런
어머니의 모습을 생생하게 기억하고 있었다.

그는 순진하고 마음이 따뜻했으며 인정이 많았다. 어떤 일이
있어도 남을 비난하거나 원망하지 않았다. 그리고 아버지의
집에 와서 민망하고 난잡한 광경을 수없이 보았으나 아버지를
증오하지 않았다.

'녀석이 속으로는 날 미워하면서도 겉으로는 예수님인
척하네.'

표도르는 처음에는 알료샤를 믿지 못하고 무뚝뚝하게 대했다.
그러나 알료샤의 진심을 알고는 술에 취하면 부둥켜 안고
눈물까지 흘렸다. 일찍이 느껴보지 못했던 따뜻한 사랑에
젖어 들었던 것이다.

알료샤는 어머니의 무덤을 찾았다. 그러나 표도르는
아내의 무덤이 어디 있는지조차 몰랐다. 소피아가 죽은 후
한 번도 무덤을 찾아가 본 적이 없었던 것이다.

알료샤에게 어머니의 무덤을 가르쳐 준 사람은 늙은 하인

그리고리였다.

그는 소피아의 장례를 치른 후 자기 돈으로 비석을 세우고 추모시까지 새겨 넣었던 것이다.

알료샤는 어머니의 무덤에 다녀온 뒤 수도원에 들어가겠다고 말했다.

"수도원에 들어가겠다고? 좋아. 너는 네 몫으로 2천 루블이나 가지고 있으니 학비는 걱정 없겠구나. 그렇지만 나도 모른 체할 수는 없지. 학비는 내가 대 주마. 그 대신 이 아비를 위해 기도해 다오. 이 아비는 죄 많은 인간이니까. 아비가 죽으면 악마가 쇠사슬로 묶어서 지옥으로 끌고 가겠지? 그런데 악마들은 쇠사슬을 어디서 만들까? 지옥에도 대장간이 있나?" 표도르는 되지도 않는 푸념을 늘어놓았다.

"아버지, 지옥에는 쇠사슬이 없어요."

"네가 그걸 어떻게 아니? 아무튼 훌륭한 사람이 되어서 돌아오너라. 이 세상에서 아비를 비난하지 않는 사람은 오직 너 하나뿐이다. 난 그걸 안다."

표도르는 흐느껴 울면서 말했다.

수도원에는 알료샤가 존경하는 조시마 장로가 있었다. 그는

군대에서 장교로 근무하기도 했는데, 알료샤를 특별히
총애하여 방을 내 주기도 하고 또 잘 돌봐 주었다.
사람들은 조시마 장로를 성인이라고 믿었다. 그가 세상을
떠날 때는 수도원에 기적이 일어날 것이라고 했으며,
알료샤도 조시마 장로가 기적을 베풀 것이라고 믿고 있었다.
많은 사람들이 병든 가족을 데리고 와서 그에게 고쳐 달라고
애원했다. 그리고 병이 나았다며 찾아와 인사하는 모습도
자주 눈에 띄었다.
그럴 때마다 알료샤는 마치 자기가 기적을 이루어 낸 듯
기뻐했다. 그는 조시마 장로야말로 성인이며 하느님의 진리를
수호하는 분이라는 걸 굳게 믿고 있었다.

알료샤는 같은 어머니에게서 태어난 이반보다 미챠와 먼저
친해졌다.
이반은 알료샤를 처음 만났을 때 거북할 정도로 찬찬히
얼굴을 뜯어 보더니 이내 냉정해졌다.
이반은 유식한 무신론자였다. 알료샤는 그런 형이 중학교도
못 나온 수도 견습생을 깔보는 것은 어쩌면 당연한지도
모른다고 생각했다.

그러나 미챠는 이반에게 언제나 사랑이 넘치는 목소리로 말했다. 아무튼 성격으로 보나 인품으로 보나 미챠와 이반은 전혀 닮지 않은 형제였다.

표도르와 세 아들은 사이가 몹시 나빠져 있었다. 상속과 재산 분배 때문이었다. 표도르는 조시마 장로 앞에서 가족 모임을 갖는 것이 어떠냐고 농담 비슷하게 제의했다. 그렇게 제의한 것은 지혜로운 장로가 부자간을 화해시켜 줄지도 모른다는 기대에서였다

평소 재산 문제로 아버지에게 난폭하게 군 것이 꺼림칙했던 미챠는 아버지의 제안을 환영했다.

미우소프도 찬성했다. 그는 생각지도 않은 곳에서 열리게 된 이 모임이 어떻게 끝날지 궁금했다.

조시마 장로가 조용히 입을 열었다.

"나에게 자네 가족의 재판을 맡으라는 건가? 그렇다면 한번 해보세."

그러자 알료샤는 무척 당황했다.

이반의 냉정하고 오만한 태도와 미우소프의 무례한 행동, 그리고 추잡한 아버지가 점잖은 장로 앞에서 재산 싸움에 열을 올리면 어떻게 하나 싶어서였다.

엉망이 된 가족 모임

표도르 가족들이 조시마 장로의 방에서 모이기로 한

날이었다.

알료샤 외에 미사에 참석한 사람은 아무도 없었다.

미사가 끝난 후 맨 먼저 나타난 사람은 미우소프였다. 그는

먼 친척인 칼가노프와 함께 화려한 마차를 타고 왔다.

미우소프는 아름다운 꽃이 활짝 피어 있는 수도원의 정원을

서성대고 있었다.

"누구한테 물어봐야 장소를 알 수 있지?"

미우소프가 볼멘 목소리로 투덜거리고 있었다.

그때 막시모프라는 지주가 나타나 조시마 장로의 방으로

안내했다.

표도르와 이반은 낡고 지저분한 마차를 타고 왔으며, 미챠는 아직 나타나지 않았다.

장로의 방에는 도서관 일을 맡은 신부와 학식이 높은 파이시 신부가 기다리고 있었다.

조시마 장로가 알료샤와 견습 수도사를 거느리고 나타났다. 두 신부는 얼른 일어나 코가 땅에 닿도록 머리를 숙여 그의 손에다 입을 맞추었다.

장로는 두 신부를 축복했다. 그 모습이 매우 엄숙했다.

미우소프는 신부들이 장로에게 입맞춤을 하자 비위가 상한 듯 눈살을 찌푸렸다. 표도르도 같은 표정을 지었다.

알료샤는 그들의 무례한 태도가 몹시 부끄러웠다.

시계가 열두 시를 알렸다. 표도르가 먼저 입을 열었다.

"제 아들 미챠가 아직 안 왔군요. 장로님, 제 아들을 대신하여 사과드립니다. 저는 약속 시간을 1분도 어기지 않는 사람입니다. 시간을 지키는 일이야말로 왕자의 예의라는 걸 잘 알고 있으니까요."

"그래서 당신이 왕자라는 거요?"

미우소프가 빈정거렸다.

"물론 저는 왕자가 아닙니다. 장로님, 저는 이렇게 얼토당토

않은 말을 지껄이는 버릇이 있습니다. 어릿광대 같은

인간이죠. 저는 사람들을 웃기는 걸 즐거움으로 삼고

살아갑니다."

표도르는 장소에 구애받지 않고 사람들을 웃기려 들었다.

미우소프는 표도르의 어릿광대 짓에 화가 나서 자리를 박차고

일어나고 싶었다. 그런 마음이 들긴 신부들도 마찬가지였다.

그러나 조시마 장로가 엄숙한 표정으로 지켜보고 있어서

일어설 수가 없었다.

"용서하십시오."

미우소프는 장로에게 고개를 숙였다.

"장로님, 표도르가 아무리 형편없는 위인이라도 장로님처럼

거룩하신 분 앞에서까지 이런 추태를 보일 것이라는 생각은

못했습니다. 진심으로 사과드립니다."

"걱정 마십시오."

장로는 조용히 일어나 미우소프의 손을 잡으며 말했다.

"하하하! 위대한 장로님께서 제가 수다를 떠는 바람에 마음이

상하신 모양이군요. 전 원래 그런 놈입니다."

표도르가 큰 소리로 말했다.

"마음을 가라앉혀야지요. 먼저 자신에 대한 수치심을
버리십시오. 그 수치침 속에 나쁜 생각의 근원이 있습니다."

"역시 장로님은 거룩하십니다. 제 마음을 꿰뚫어 보고
계시는군요. 저는 사람들과 함께 있으면 그들이 저를
어릿광대로 여길 거라고 생각합니다. 그래서 더 저속한 짓을
합니다. '그래, 나는 어쩔 수 없는 어릿광대다' 하고 말입니다.
장로님, 어떻게 하면 저도 영생을 얻을 수 있겠습니까?"

표도르는 별안간 무릎을 꿇었다.

사람들은 표도르가 연극을 하고 있는지, 진실로 뉘우치고
있는지 알 수가 없었다.

"술을 마시지 말고 말과 행동을 조심해야 합니다. 특히 돈을
숭배하지 말고 당신의 술집 문을 닫으십시오. 그리고 가장
중요한 것은 거짓말하는 버릇을 고치는 것입니다."

"오오, 거룩하신 장로님 손등에 입을 맞춰도 되겠습니까?"

표도르는 장로에게 다가가 손등에 입을 맞추었다. 그리고 목
잘린 성자의 이야기를 듣고 얼마나 큰 충격을 받았는지
모른다고 떠벌렸다. 그리고 자기 이야기에 도취되어 흥분하기

시작했다. 누가 보아도 또다시 어릿광대 짓이 시작된 것

같았다.

미우소프는 기분이 나빠졌다.

"제발 좀 집어치워요. 난 순교자 이야기 따위엔 관심 없어요."

"저도 먼저 온 사람들을 만나야 하므로 잠깐 실례하겠습니다."

이렇게 말하며 조시마 장로도 일어섰다.

알료샤가 뒤따라 나갔다.

조시마 장로는 저쪽에 모여 있는 아낙네들에게로 가서 고민을

들어주고 있었다. 그런 장로의 모습을 바라보고 있던

호흘라코바 부인은 손수건을 꺼내어 눈시울을 닦았다.

그녀 곁에는 소아마비 환자인 딸이 휠체어에 앉아 있었다.

"장로님, 사람들이 장로님을 얼마나 사랑하는지 이젠 알 것

같아요."

호흘라코바 부인이 말했다.

"따님의 병은 어떠십니까?"

"장로님 기도 덕분에 다 나았어요."

"이렇게 휠체어를 타고 있는데도 다 나았다고 하십니까?"

"열이 내렸다는 뜻이에요. 사실은 알료샤에게 전해 달라는

편지를 가지고 왔거든요. 카테리나의 편지예요."

호흘라코바 부인이 말하자 그녀와 함께 온 리즈가 쪽지
하나를 알료샤에게 건넸다.

'카테리나 아가씨가 나를 부르다니, 무슨 일이지?'
편지를 받아든 알료샤는 속으로 놀라고 있었다.

조시마 장로가 표도르 일행이 기다리는 방으로 다시 돌아온
것은 25분쯤 후였다. 그 때까지 미챠는 나타나지 않았다.
사람들은 미챠 따위는 잊었다는 듯 이야기에 열중하고
있었다.

"그럼 이 지상의 국가들을 없애 버리고 교회가 국가를
대신해야 한다는 말인가?"
미우소프가 참견을 하자 이반이 말했다.

"아니, 교회가 국가가 되는 것이 아니라 국가가 교회의 위치에
올라야 한다는 것이지요."
알료샤는 이반의 말을 조용히 듣고 있었다.

그 때 미챠가 나타났다. 미챠는 보통 키에 근육이 잘 발달된
건강한 청년이었다. 흠이라면 얼굴색이 좀 누렇다는
점이었다. 거기다가 약간 튀어나온 눈이 우울하게 보여서
침착하지 못한 인상을 주었다.

"늦어서 죄송합니다. 아버지가 저에게 보낸 하인

스메르쟈코프가 모임이 1시 정각이라고 해서 이제 왔는데,

벌써 다 모이셨군요."

미챠가 늦은 이유를 말했다.

"약속 시간에 늦은 건 별 일 아니니 염려 마세요. 앉아요."

조시마 장로가 말했다.

"죄송합니다."

미챠는 조시마 장로가 권하는 의자에 앉았다.

미챠가 등장하는 바람에 잠깐 중단되었던 이야기가 이어졌다.

"자네는 인류가 영생에 대한 기대를 버린다면 이 세상에

사랑이 없어질 뿐만 아니라 모든 생명력이 없어진다고 했네.

도덕이 무엇인지도 모르게 되고 사람이 사람을 잡아먹게 될

수도 있다는데, 자연의 도덕률은 종교적인 것과 정반대가

되어야 한다는 말인가?"

미우소프가 다시 이반에게 물었다.

"잠깐! 그 말은 종교를 믿지 않는 사람들의 입장에서 보면

사악한 것도 허용되어야 할 뿐만 아니라 권장할 필요가

있다는 말 아닙니까?"

미챠가 끼어들었다.

"그렇습니다."

이반이 대답하자 미챠는 더 질문하지 않았다.

그러자 조시마 장로가 이반에게 물었다.

"당신은 인간이 정말로 영생에 대한 믿음을 잃으면 그런

결과가 오리라고 생각합니까?"

"예. 영생에 대한 믿음이 없다면 선도 없어진다고

생각합니다."

"그렇다면 당신은 매우 행복하거나 그 반대인 사람입니다."

"왜 그렇게 생각하십니까?"

"자신을 비웃고 있으니까요. 부디 당신이 살아 있는 동안

마음의 평화를 얻게 해 주시길 하느님께 빌겠습니다."

조시마 장로는 손을 들어 이반을 축복했다. 이반은 장로

앞으로 가서 그의 손등에 입을 맞추었다.

그 때 표도르가 소리쳤다.

"장로님, 이반은 제 아들입니다. 제가 가장 존경하는

인물이죠. 저기 앉은 미챠 놈은 믿을 수 없지만 말입니다."

그러자 조시마 장로가 안타까워하며 한 마디 했다.

"아들에게 그런 가시 돋친 말을 해선 안 됩니다."

미챠가 흥분을 감추지 못하고 벌떡 일어나 소리치며 조시마

장로 앞으로 다가갔다.

"저는 여기 오기 전에 아버지가 어릿광대 노릇을 할 거라고 예상했습니다. 저는 제대로 된 교육을 받지 못해서 이 노인을 어떻게 불러야 할지 모르지만, 장로님은 속고 계십니다. 이분은 추태를 부리지 못해 안달이 난 사람이에요. 왜 그렇게 살아가는지는 오로지 본인만 알지요. 이 모임을 주선한 속셈을 짐작할 수 있을 것 같습니다만……."

표도르가 눈물을 글썽이며 말했다.

"모두 한 패거리가 되어 나만 나쁜 놈으로 만드는군. 미우소프는 내가 자식들 장화 속의 돈까지 다 가로챘다고 욕하고 다니지만, 이 고장에는 재판장이 없는 줄 아시오? 재판소에 가보면 미챠가 쓴 영수증과 계약서도 있어요. 그걸 보면 이 녀석이 얼마나 쓰고 얼마나 남았는지 알게 될 겁니다. 여러분, 이 녀석은 고상한 양가집 딸을 유혹해서 약혼하고도 수상한 소문을 뿌리고 다니는 그루셴카라는 여자 꽁무니를 따라다니며 돈을 물 쓰듯 하고 있는데, 그 돈이 어디서 나오는지 아십니까?"

그러자 미챠가 빽 소리를 질렀다.

"그런 소리는 나 없을 때 해요. 제발 그 고귀한 아가씨 이야기는 입에 올리지 말아요. 아버지 입에 오르내리면 그

아가씨 이름이 더럽혀지니까요."

표도르도 지지 않고 목소리를 높였다.

"여러분, 보셨지요? 이 녀석은 내가 아비가 아니었으면 칼부림이 났을지도 모릅니다. 또 이 녀석은 존경받아 마땅한 퇴역장교의 수염을 질질 끌고 다니면서 하마터면 살인을 할 뻔했어요. 이유는 그 사람이 이 아비 대리인 노릇을 했기 때문입니다."

"거짓말입니다. 제가 그를 짐승 다루듯 한 것은 사실입니다만, 그가 아버지의 사주를 받고 그루셴카에게 부탁했기 때문입니다. 어음을 줄 테니 미챠가 와서 재산을 청구하면 소송을 내어 그를 감옥에 처넣어 달라고 말입니다. 아버지는 내가 그루셴카에게 반했다고 퍼부었는데, 사실은 아버지가 그 여자에게 나를 유혹하라고 부탁했습니다. 아버지가 왜 그런 짓을 했는지 아세요? 사실은 그 여자를 좋아하기 때문이죠. 세상에, 아들이 사랑하는 여자를 넘보고, 아들을 감옥에 처넣지 못해 안달하는 아버지가 이 세상에 또 있을까요?"

미챠의 눈에서는 분노의 불똥이 튀고 있었다. 일이 이 지경에 이르자 모두들 술렁거리며 자리에서 일어났다.

"미챠, 만일 네가 내 아들이 아니었다면 나는 당장 권총
결투를 신청하겠다. 거리는 세 걸음쯤이 좋겠지."
표도르가 배우의 목소리를 흉내내며 이렇게 말하자 미챠가
대답했다.
"나는 고향에 돌아와 늙은 아버지를 도우며 살려고 했습니다.
그런데 아버지는 이렇게 방탕하고 비열하기 짝이 없는
어릿광대가 되어 있었습니다."
그 순간 표도르가 숨을 헐떡이며 소리쳤다.
"결투다. 이놈아, 결투야!"
"제발 좀 부끄러운 줄 아시오."
"저런 미친 소리를 다 하다니……."
사람들은 표도르를 비난하기 시작했다.
조시마 장로는 비틀거리며 자리에서 일어났다.
미챠가 장로를 부축했다. 장로는 미챠에게 공손히 절을 했다.
"앗!"
"어떻게 저런 일이……."
알료샤가 깜짝 놀라 바라보자, 조시마 장로는 입가에 보일 듯
말 듯한 미소를 짓고 있었다.
미챠는 부끄러운지 두 손으로 얼굴을 가리고 밖으로

뛰어나갔다.

모임은 표도르와 미챠의 비난전으로 끝났다.

이반과 미우소프는 수도원장의 점심 초대를 받아 가버리고,

표도르도 엉거주춤 그들을 따라갔다.

알료샤는 장로를 부축하여 침대에 앉혔다.

"이제 됐으니 가서 원장님 시중을 들어 드리려무나."

조시마 장로가 말했다.

"전 여기 있고 싶어요."

"넌 원장님께 더 필요한 사람이다. 그리고 여긴 네가 있을

곳이 아니다. 내가 하느님의 부름을 받으면 너도 이 수도원을

떠나야 한다."

"……?"

알료샤는 두려워졌다.

"넌 앞으로 많은 일을 겪고 또 결혼하게 될 것이다. 네가 다시

이곳에 돌아올 때까지 많은 고생을 해야 할 거야. 나는 너를

믿기 때문에 속세로 내보내려 한다. 그리스도께서도 널 지켜

주실 것이다. 속세 사람들은 슬픔으로 이별하지만 우리는

하느님의 부름을 받는 사람들을 기쁨으로 보내야 한다. 나는

혼자 있고 싶다. 넌 형들 곁을 떠나지 말아라. 나의 생명은

이제 몇 시간도 남지 않았다."

조시마 장로는 손을 들어 알료샤를 축복했다.

표도르는 밖으로 나오며 생각했다.

'조시마 장로가 왜 미챠에게 절을 했을까?'

조시마 장로가 거처하는 곳과 수도원 사이에는 소나무 숲으로
난 오솔길이 있었다. 알료샤가 그 오솔길을 걸어가고 있을
때였다.

젊은 수도사 라키친이 불쑥 나타났다.

"알료샤, 한 가지만 대답해 주게. 조금 전 그 꿈 같은 장면은
대체 어떻게 된 거야?"

"무슨 말이지?"

"장로님이 자네 형 미챠에게 절을 한 거 말야."

"글쎄, 나도 그게 궁금해."

"자네한테도 말씀하시지 않았나 보군. 그 분은 자네 집에서
일어날 사건을 내다본 걸세. 자네 형들과 아버지 사이에
일어날 재산 분쟁 말야. 사건이 터지면 사람들은 장로가
예언한 대로 됐다고 혀를 내두르겠지. 마루에 머리를 찧으며
절하는 게 무슨 얼어죽을 예언이란 말인지. 그러나 사람들의

비난도 받을 거야. 장로가 선한 사람들을 몽둥이로 때리는 미치광이 앞에 무릎을 꿇었다고."

"재산 분쟁은 일어나지 않을 거야."

알료샤는 부정했지만 라키친의 무서운 눈빛에 벌벌 떨렸다.

"카라마조프 가의 사람들에게는 여자를 탐내는 욕망의 피가 흐르고 있어. 여자에게 미친 사내의 특징이 뭔지 아니? 그건 부모 자식을 가리지 않는다는 거야. 미챠는 그루셴카를 경멸하면서도 놓치지 않으려 들걸세. 이반은 형의 약혼자를 가로채려 하고 있어. 그건 문제가 없겠지. 미챠가 자기 약혼자를 이반에게 떠넘기고 그루셴카에게 달려가려 하고 있으니까. 그걸 훼방놓고 있는 사람이 자네 아버지야."

라키친은 또 표도르가 자기 술집에서 일하는 그루셴카의 아름다움에 넋을 잃고 말았다고 했다. 아들과 아버지가 같은 여자를 사랑하다니 말이 되느냐고도 했다.

알료샤는 뭐라고 말을 할 수가 없었다.

"그루셴카는 돈 많은 구두쇠 영감보다는 아름다운 카테리나를 버리고 자기에게로 온 미챠를 택하겠지. 이런 여러 가지 상황으로 미뤄 볼 때 자네 집안엔 무서운 사건이 일어날 수밖에 없어."

"라키친, 자네는 어디서 그런 얘기들을 들었지?"

"그루셴카의 집에 갔다가 너의 큰형 미챠와 그녀가 나누는 이야기를 들었어."

"넌 그루셴카의 친척이니?"

"내가 그런 천한 여자의 친척으로 보이니?"

라키친은 버럭 화를 내었다.

그 때 수도원장의 식사에 초대받아 갔던 사람들이 나오고 있었다.

표도르 때문에 식사 자리가 엉망이 되어 버렸던 것이다.

"사람들이 나를 어릿광대라고 하지. 그러나 세상엔 나보다 더 비열한 놈들이 엄청 많아."

"갑자기 무슨 말이오?"

"나도 착한 사람 편에 속한단 말이오!"

식사 중에 갑자기 표도르가 나타나 아무 이유 없이 식탁을 둘러엎으며 난동을 부렸다.

"알료샤, 당장 집으로 돌아와라."

표도르는 알료샤를 발견하고는 소리쳤다.

알료샤는 당황하여 표도르를 바라보고 있었다.

벌레 같은 인간들

알료샤는 수도원 주방으로 갔다. 아버지가 얼마나 심하게
굴었는지 눈으로 확인하기 위해서였다.

그는 곧 수도원을 나와 집으로 걸음을 옮겼다. 아버지가
거처하는 안채에는 방마다 쥐들이 우글거렸다. 마당 건너편에
있는 바깥채에는 세 하인이 살고 있었다. 그리고리 영감과
그의 아내 마르파, 그리고 요리사 스메르쟈코프였다.

그리고리 영감과 마르파는 원래 농사짓는 노예였다. 그러나
해방을 시켜 주었는데도 떠나지 않고 그냥 남아서 하인
노릇을 하고 있었다. 그들은 자식 복이 없는지 아들을 하나
낳았으나 곧 죽고 말았다.

"여보, 아기 울음소리가 들리지 않아요?"

아기를 땅에 묻고 돌아온날 밤, 마르파는 잠결에 이상한
소리를 듣고 남편을 깨웠다.

그리고리가 등불을 켜들고 밖으로 나갔다. 아기 울음소리는
목욕탕에서 났다. 그곳에서 리자베타라는 정신이 나간 걸인
여자가 아기를 낳고 있었다.

그녀의 배가 불러오자 표도르가 임신을 시켰다는 소문이
떠돌았다. 그러나 표도르는 그저 싱글벙글 웃기만 했다.
사람들은 리자베타가 어떻게 높은 담을 넘어 들어왔는지
궁금해했다. 아무튼 리자베타는 아기를 낳고는 그 자리에서
죽고 말았다.

"고아는 하느님의 자식이오. 하느님께서 우리 아이 대신
이 아기를 보내 주신 거요."

아기를 안고 방으로 돌아온 그리고리가 행복한 표정으로
아내에게 말했다.

알료샤는 걸음을 멈추었다. 카테리나 생각이 났던 것이다.
편지를 받았으니 만나기는 해야겠는데 갑자기 두려워지기
시작했다. 그녀는 오만하고 자존심 강한 귀족 처녀의 자태가

넘쳐흘렀다.

알료샤는 그녀를 만나기 전에 형 미챠를 먼저 만나고 싶었다.

그러나 미챠는 집에 없었다.

알료샤는 두려움을 떨치고 카테리나의 집을 향해 걷고

있었다. 그 때 길에서 미챠를 만났다.

"어디 가는 길이냐?"

"카테리나의 집에 들렀다가 아버지에게 가려고요."

"잘 됐구나. 나도 널 카테리나와 아버지한테 보내어 양쪽 다

끝장을 낼 생각이었다."

"그게 무슨 말이에요?"

"알료샤, 우리 카라마조프 집안 사람은 다 벌레야. 그 중에서

내가 제일 심하지. 옛날 군대에 있을 때 우리 대대장에게 두

딸이 있었는데, 그 동생이 바로 카테리나야. 그녀는 귀족

전문학교를 졸업했고, 읍내에서 최고 인기였단다."

미챠는 카테리나 이야기를 시작했다.

미챠는 군인 신분에 어울리지 않는 방탕한 생활을 즐기고

있었다. 그 무렵 대대장이 사고를 일으켰다. 어떤 사람에게

부대 돈 4천5백 루블을 빌려 주었는데, 그 사람이 빌린 적이

없다고 오리발을 내밀었다.

미쨔는 대대장의 큰딸에게 카테리나가 한밤중에 혼자
찾아오면 그 돈을 주겠다고 말했다. 마침 그 때 미쨔에게는
아버지가 보내 준 6천 루블이 있었다.

그 날 돈을 갚을 길이 없는 대대장은 권총 자살을 시도했다.
다급해진 큰딸이 미쨔의 말을 카테리나에게 전했다.
카테리나는 캄캄한 밤에 혼자 미쨔를 찾아왔다. 아버지를
위해 자신을 희생하겠다는 거였다. 미쨔는 5천 루블짜리
수표를 그녀에게 주었다. 돈을 받은 그녀는 미쨔에게 꾸벅
절을 하고는 후닥닥 달아났다.

대대장은 돈을 갚고 이십 일 후에 죽었다. 빈털터리가 된
카테리나는 언니와 함께 모스크바의 친척집으로 갔다.
친척은 부자였는데, 그 무렵 상속자로 지정한 사람이 둘이나
죽었다.

그래서 카테리나가 도착하자 반가워하며 그녀를 상속자로
삼겠다며 유언장을 고쳐 썼다. 현금도 8만 루블이나 주었다.
하루 아침에 부자가 된 카테리나는 미쨔에게 우편으로 돈을
부쳤다. 그리고 돈을 받은 지 사흘 뒤에 카테리나의 편지가
왔다.

'저는 당신을 사랑해요. 당신이 저를 사랑하지 않는다고 해도

저의 사랑은 변함없을 거예요.'

미챠는 벌어진 입을 다물 수가 없었다.

"나는 그녀의 편지를 받고 나 같은 빈털터리 방탕자가 어떻게
순결하고 고귀한 귀족의 딸과 결혼할 수 있을까 하는 생각이
들었지. 그러다가 카테리나가 나를 사랑으로 감화시켜 새
사람을 만들려 하고 있구나 하고 생각했어. 그래서 나는
모스크바에서 공부하고 있던 이반에게 카테리나를 한 번
찾아가 봐 달라고 부탁했지."

미챠의 부탁을 받고 찾아간 이반은 카테리나를 본 순간
첫눈에 홀딱 반해 버렸다.

"잘 된 일이야. 이반이 우리 모두를 구원해 줄지도 모르니까.
사실 이반은 나보다 백 배 더 나은 인물이야."

미챠는 싱긋 웃었다.

"하지만 카테리나 아가씨는 큰형을 사랑하잖아요?"

알료샤가 말했다.

"그 여자는 나를 사랑하는 게 아니라 자신의 선행을 사랑하고
있어. 우리는 성당에서 정식으로 약혼식을 올리긴 했지만
나는 결혼할 마음은 없어. 알료샤, 부탁한다. 네가

카테리나에게 가서 이 말을 좀 전해 줘."

"형이 직접 말해요."

"나는 그루셴카 집에 가야 해."

"형님은 정말로 그 술집 여자와 결혼할 거예요?"

"그녀가 싫다면 그 집 문지기라도 할 거야."

미챠는 괴로운 심정을 솔직히 털어놓았다.

어느 날 아침이었다.

카테리나가 미챠에게 3천 루블을 주면서 모스크바의 언니에게

부쳐 달라고 부탁했다. 돈을 주머니에 넣고 거리로 나온

미챠는 아버지가 그루셴카에게 자기를 고소하라고

부추긴다는 말을 들었다. 미챠는 화가 나서 그루셴카를

찾아갔다.

그런데 그루셴카를 본 미챠는 그만 그녀의 미모에 홀딱

반하고 말았다. 미챠는 그 길로 그루셴카를 꾀어 모크로예로

가서 카테리나가 준 돈을 흥청망청 다 써버리고 말았다.

"주인 어른께서 알료샤를 시켜 그루셴카에게 3천 루블을 보낼

계획이래요. 도련님을 고소하는 대가로요."

미챠가 집으로 돌아오자 요리사 스메르쟈코프가 귀띔을 해

주었다.

미챠는 잘 됐다고 생각하며 알료샤를 기다리고 있었다.

"내가 아버지에게 가지 못하도록 그루셴카를 붙들고 있을 테니까, 너는 아버지에게 그 돈을 받아서 카테리나에게 전해다오. 부탁한다."

알료샤는 아버지의 집으로 갔다.

술에 잔뜩 취한 표도르는 식탁에 앉아 있었다. 이반과 그리고리, 스메르쟈코프까지 모두 즐거운 듯이 웃고 있었다.

"알료샤구나. 어서 오너라."

표도르는 이렇게 말하며 손가락으로 의자를 가리켰다.

알료샤가 자리에 앉자 그는 스메르쟈코프를 나귀라고 놀리기 시작했다.

"나는 네 어미도 놀리곤 했단다."

알료샤가 얼굴을 찌푸리자 표도르가 말했다.

알료샤는 어머니란 말이 나오자 얼굴이 하얗게 변하면서 흐느끼기 시작했다.

"이 녀석이 제 어미 생각이 나는 모양이군."

표도르는 입을 다물었다.

"알료샤의 어머니는 바로 내 어머니예요."

이반이 퉁명스럽게 내뱉었다.

그 때 미챠가 허둥지둥 뛰어들어왔다. 표도르는 약간 당황한

표정을 지었다.

"그 여자 어디 있어요?"

미챠가 외쳤다.

"그 여자라니?"

표도르는 게슴츠레한 눈으로 이렇게 반문했다.

"그루셴카가 이쪽으로 오는 걸 봤단 말예요."

미챠가 그루셴카의 이름을 들먹이자, 표도르의 눈이 반짝

빛났다.

"그루셴카가 왔어? 어디 있니?"

"그 여자 안 왔어요."

이반이 말했다. 그러나 미챠는 쥐를 잡듯 온 집안을 다

뒤졌다.

"이놈, 내 돈을 훔쳐 가려고 왔지?"

표도르가 미챠에게 덤볐다. 미챠는 그런 표도르를

쓰러뜨리고는 미친 듯이 마구 걷어찼다.

이반과 알료샤가 뜯어말리자 미챠는 씩씩거리며 물었다.

"알료샤, 넌 정직한 사람이야. 그루셴카 여기 왔니?"

"안 왔어요."

"울타리 옆에 서 있는 걸 봤는데……. 일이 이렇게 되었으니 돈 이야기는 말아라. 그리고 카테리나에게 가거든 지금 내가 저지른 일을 본 대로 전해다오."

"형, 아버지를 죽일 생각이에요? 당장 나가요!"

이반이 소리쳤다.

"부자의 인연은 이것으로 끝이오!"

미챠는 피를 흘리며 쓰러져 있는 표도르를 싸늘한 눈빛으로 내려다보며 중얼거렸다.

미챠가 나간 뒤였다.

그리고리는 표도르를 안아서 침대에 눕혔다. 알료샤만 표도르 곁에 남고 모두 밖으로 나갔다.

"알료샤, 내 아들은 너뿐이다. 나는 이반이 무서워. 넌 안 그러냐?"

표도르는 진짜 무서운 듯 고개를 절레절레 흔들었다.

"작은형을 무서워하지 마세요. 작은형은 아버지를 지켜 줄 거예요."

"미챠는 정말 그루셴카와 결혼할 작정인가?"

"그렇지 않아요. 그 여잔 형과 결혼하지 않을 거예요."

"네 생각도 그렇지?"

표도르는 금세 아이처럼 좋아하며 눈물을 흘렸다. 표도르는 알료샤에게 수도원으로 돌아갔다가 내일 다시 올 수 없겠느냐고 했다.

"알았어요."

알료샤는 밖으로 나갔다.

"어디 가니?"

정원 벤치에 앉아 있던 이반이 물었다.

"호흘라코바 부인 댁에요."

"카테리나 만나러?"

"형, 아버지와 큰형은 어떻게 될까요?"

알료샤는 말을 돌려 버렸다.

"형은 못 들어오게 하고 아버지는 못 나가게 해야지."

"형은 누가 어떤 사람에게 넌 살 권리가 있다 혹은 없다 하고 단정지어 말할 수 있는 자격이 있다고 생각해요?"

"그런 것은 자격으로 결정하는 게 아니야. 사람은 뭔가 그래야 할필요가 있을 때 결정을 하지. 누구든 희망을 결정할 권리는 있으니까."

"그렇다고 남이 죽기를 희망해선 안 되겠죠."

"하지만 누군가가 그런 것을 희망한다고 해도 막을 수는 없는
일이야. 나도 형처럼 아버지를 죽이려 들 수도 있다고
의심해서 하는 말이니?"

"무슨 말이에요? 나는 큰형도 작은형도 그런 짓을 저지를 수
있는 사람이라고는 꿈에도 생각한 적 없어요."

이렇게 말하며 알료샤가 고개를 크게 내저었다. 그러자
이반이 '고맙다.'며 히죽 웃었다.

알료샤가 카테리나를 만나러 갔을 때였다.

손님이 다녀갔는지 응접실에 찻잔이 놓여 있었다.

"어서 와요, 알렉세이. 온종일 기다렸어요."

방문에 드리운 두꺼운 커튼이 열리고 카테리나가 웃으면서
나왔다.

"전 형님의 심부름으로……."

"그이가 보냈다고요?"

"저더러 작별 인사를 전해 달라고 하셨어요."

"작별 인사요? 알료샤, 나 좀 도와 줘요. 그이는 지금
자포자기하고 있어요. 나는 어떤 어려움이 닥쳐와도 그를

구할 거예요. 돈 이야기는 안 하던가요?"

"했어요. 3천 루블을 써버렸다고."

"짐작한 대로군요. 그런데 그이는 왜 내가 가장 진실한
친구이고 도와 줄 수 있는 유일한 사람이라는 걸 믿지 않는
걸까요?"

카테리나는 눈물을 글썽글썽하며 한숨을 쉬었다.

알료샤는 카테리나에게 미챠와 그루셴카의 이야기를 해
주었다.

"알료샤는 내가 그 여자를 미워할 거라고 생각하나요? 그
여자는 형님과 결혼을 원치 않아요."

그러더니 카테리나는 활짝 웃으며 방 쪽을 향해 '그루셴카!'
하고 소리쳤다. 그러자 방에서 그루셴카가 나왔다.

알료샤는 너무 뜻밖의 일이라서 머리가 어지러웠다.

"우린 오늘 처음 만났어요. 사실은 내가 먼저 찾아갈까 하고
생각했는데, 천사 같은 그루셴카가 왔지 뭐예요. 이 아가씨는
5년 전에……."

카테리나는 그루셴카에게 들은 이야기를 하기 시작했다.

그루셴카는 한 남자를 사랑했었다. 그런데 그 남자는 다른
여자와 결혼을 했고, 최근에 그의 아내가 죽었다는 편지를

보내 왔다고 했다.

그루셴카는 아직도 그 남자를 사랑하고 있어서 미챠와 결혼할 마음이 없다는 것이었다.

"하지만 카테리나 아가씨, 잘못 알고 있는 게 있군요."

카테리나의 이야기를 듣고 있던 그루셴카가 말했다.

"당신은 다른 남자를 사랑하기 때문에 미챠를 놓아 주겠다고 말하지 않았나요?"

"내가 언제 그런 말을 했어요? 난 변덕이 심해요. 조금 전에 무슨 이야기를 했는지 가물가물해요. 생각해 보니 아무래도 미챠가 그 남자보다 좋은 사람인 거 같아요."

카테리나의 얼굴이 하얘졌다.

"모처럼 아가씨의 손등에 키스할까 했는데, 아무래도 그만 둬야 할 것 같아요. 호호호."

그루셴카는 깔깔거리며 웃었다.

"썩 나가. 건방진 계집애야!"

카테리나가 벌떡 일어서며 소리쳤다.

"미챠에게 전할게요. 아가씨는 내 손등에 입맞췄지만 나는 하지 않았다고요. 미챠가 재밌다고 웃어멜 거예요."

"이 못된 계집애가……."

카테리나가 그루셴카에게 덤벼들었다. 알료샤가 재빨리 두 사람을 떼어 놓았다. 그러자 그루셴카가 깔깔거리며 밖으로 달아났다.

"알료샤, 부끄러워요. 미안하지만 그만 돌아가셨다가 내일 다시 와 주세요."

알료샤는 카테리나의 집을 나와 수도원을 향해 터벅터벅 걸었다. 한밤중이라 한 치 앞도 보이지 않았다.

"목숨이 아까우면 지갑을 내놔!"

어둠 속에서 갑자기 누군가가 불쑥 튀어나와 앞을 막아섰다. 미챠였다.

"형님!"

"하하하, 놀랐니?"

"아버지를 죽일 뻔하고도 이런 장난이 나와요?"

"불효자라는 얘기로군. 미안하다. 널 보니 반가워서 장난 좀 쳤지. 카테리나는 만났니?"

"그루셴카도 만났어요."

"그루셴카가 그 집에 갔다고?"

미챠가 놀라는 표정을 지었다.

알료샤는 카테리나 집에서 있었던 일을 모두 이야기했다.

미챠는 온몸을 흔들며 웃어댔다.

"알료샤, 나 고백할 게 있어. 지금까지 네가 본 것하고는
판이하게 다른 계획이야."

그러면서 미챠는 자기 가슴을 쾅쾅 쳤다.

"⋯⋯?"

"나는 파렴치범이야. 내 계획들을 당장 행동으로 옮길 수도
있고, 그만 둘 수도 있어. 하지만 결국은 실행하게 될 거야.
만일 그 계획을 실행한다면 네가 증인이 되어 다오. 부탁이다.
그럼 난 간다."

그리고 미챠는 어둠 속으로 사라졌다.

'대체 무슨 계획일까?'

알료샤는 두려웠다. 미챠가 아버지를 죽일지도 모른다는 생각
때문이었다.

알료샤가 수도원으로 돌아갔을 때였다.

조시마 장로는 혼수상태에 빠져 있었다.

"주여, 오늘 제가 만난 모든 분들을 구원해 주소서."

알료샤는 오랫동안 기도를 올렸다.

사랑의 갈등

이른 새벽이었다.

고해 성사와 성찬 의식이 끝나자 수도사들이 모여들기
시작했다. 해가 뜰 무렵, 조시마 장로는 모든 사람들에게 작별
인사를 하고 축복을 받았다.

"나는 오늘을 넘기지 못할 것 같소. 여러분, 서로 사랑하세요."

조시마 장로는 가느다란 목소리로 설교를 시작했다.

수도사들은 귀를 모았다. 그들은 장로가 죽으면 큰 기적이
일어날 거라고 믿고 있었다. 그 때 읍내에서 돌아온 라키친이
설교를 듣고 있는 알료샤를 불러냈다.

"이것 좀 전해 줘."

라키친은 호흘라코바 부인의 편지를 주머니에서 꺼내 주었다.

'어제 장로님의 축복을 받으러 왔던 여자들 가운데 어떤 할머니가, 멀리 시베리아로 간 아들이 1년 동안 죽었는지 살았는지 소식이 없으니 죽은 셈치고 교회에서 명복을 빌려고 했지요. 그런데 장로님께서 그 할머니의 아들이 살아 있다고, 곧 소식이 올 테니 안심하라고 위로해 주셨답니다. 그 후 할머니가 집에 돌아가 보니 정말로 기다리던 아들의 소식이 와 있더라는 거예요. 장로님의 예언이 들어맞았으니 모든 사람에게 이 일을 알려야 합니다.'

모든 수도사들은 조시마 장로에게 편지를 전하기도 전에 이미 그 내용을 다 알고 있었다.

엄격한 파이시 신부의 얼굴에 감동의 미소가 떠올랐다.

"이 예언은 아주 작은 거야. 보다 더 큰 기적을 보게 될 거야."

파이시 신부는 수도사들에게 떠들고 다니지 말라고 당부했다.

장로는 갑자기 피로를 느끼며 알료샤에게 말했다.

"알료샤, 가족들이 널 기다리고 있다. 오늘 누구와 만나기로 약속했지?"

"예, 아버지와 형님들……."

"다녀오너라. 내가 죽더라도 네가 있는 자리에서 마지막

유언을 할 테니까 마음놓고 다녀오너라."

알료샤는 외출 준비를 했다.

방을 나서기 전에 파이시 신부가 알료샤를 축복해 주었다.

알료샤는 문득, 지금까지 냉정하고 엄하기만 하던 파이시

신부가 사실은 자기를 무척 아끼고 있다는 사실을 깨달았다.

조시마 장로가 죽음을 앞두고 파이시 신부를 새로운 지도자로

정해 준 게 아닌가 하는 생각도 들었다.

알료샤는 아버지의 집으로 갔다.

표도르는 낡은 실내용 외투를 걸치고 커피를 마시며 장부를

들여다보고 있었다. 눈자위가 시퍼렇게 멍이 들고 얼굴은

퉁퉁 부어 있었다.

"수도원엔 별일 없니? 조시마 장로님은 좀 어떠시냐?"

표도르는 아무렇지도 않은 듯 물었다.

"매우 위독하셔요."

표도르는 알료샤의 말에 귀를 기울이지 않았다.

"이반은 나가고 없다. 미챠의 색시를 가로채려고 열심이지.

녀석이 여기 살고 있는 것도 그 때문이고."

"이반 형이 아버지에게 그런 말을 했어요?"

"암, 오래 전에 말했지. 그 녀석은 나를 죽이려고 여기 머물고 있을 거다. 난 되도록 오래 살고 싶은데……, 이제 쉰여덟 살이야. 앞으로 20년은 여자들과 어울릴 수 있어. 나는 추악한 세계에서 살고 싶단 말이다. 결혼할 수도 있지. 그래서 돈이 필요하단다. 이반 녀석은 그게 두려워서 나를 감시하는 거야. 미챠가 그루셴카하고 결혼하면 카테리나는 제 차지가 될 줄 아는 모양이지? 비열한 놈."

표도르는 두서 없이 지껄이고 있었다.

"아버지, 몹시 흥분하신 것 같은데 좀 누우시죠."

"나는 미챠를 감옥에 처넣고 싶다. 아무리 더러운 세상이 되었지만, 제 아비 수염을 잡아서 마룻바닥에 내동댕이치고 구둣발로 걷어찰 수 있니? 그런데 이반과 네가 말리더구나. 아무튼 너의 미챠는 한번 혼날 거다. 내가 '너의 미챠'라고 한 건 네가 미챠놈을 사랑하기 때문이야. 만일 이반이 미챠를 사랑한다면 내 신상이 위험하겠지만, 다행스럽게도 이반은 아무도 사랑하지 않아. 이반은 우리와는 다른 종족이거든. 내가 너를 오라고 한 건, 미챠의 생각을 알아보고 싶어서다. 미챠에게 2천 루블쯤 쥐어 주면 내게서 물러날까?"

"3천 루블은 주셔야 할 걸요."

"3천 루블이라! 없던 일로 하자. 나는 그루셴카만은 머리가 두 쪽이 나더라도 양보하지 않겠다. 이제 가 봐라."

알료샤는 표도르에게 다가가 어깨에 입을 맞추었다.

"무엇 때문에 이런 짓을 하니? 또 만날 텐데."

"별다른 뜻은 없어요."

"내일 생선 수프나 먹으러 오너라. 꼭 와야 한다."

알료샤는 식탁에서 빵을 하나 집어 주머니에 넣고 밖으로 나왔다.

'그루셴카 이야기를 묻지 않은 게 천만 다행이지.'

알료샤는 호흘라코바 부인의 집으로 가고 있었다.

책가방을 맨 아이들이 학교에서 돌아오고 있었다. 아이들은 저마다 손에 돌을 들고 개울 건너편에 있는 아홉 살쯤 된 소년에게 던지고 있었다. 그 소년도 돌을 던지고 있었다.

"얘들아! 여섯 명이 한 사람에게 돌을 던지다니, 너무 비겁하지 않니?"

알료샤가 나무랐다.

"저 자식이 먼저 싸움을 걸었어요."

"나쁜 놈이에요. 교실에서 친구를 칼로 찔렀어요. 피가

났다구요."

그 때 건너편 아이가 던진 돌멩이 하나가 알료샤를 향해

날아왔다.

"저 자식도 당신이 카라마조프 가의 사람이란 걸 알고 있나

봐요."

아이들이 던진 돌 하나가 건너편 소년의 가슴에 맞았다.

소년은 가슴을 움켜쥐고 비명을 지르며 도망쳤다.

"하하하! 결국 도망치는군. 목욕탕 수세미 같은 자식. 저
녀석을 다시 만나거든 '넌 목욕탕 구정물에 담긴 수세미를
좋아한다지' 라고 말해 보세요."

아이들 중의 하나가 알료샤에게 말했다.

"그런 말은 안 할 테다. 너희들이 왜 저 애를 싫어하는지나
물어보겠다."

"아무튼 조심하세요. 갑자기 칼로 찌를지도 모르니까."

아이들이 말했다.

알료샤가 쫓아가자 달아나던 소년은 걸음을 멈추었다. 그리고
증오가 가득 찬 눈으로 알료샤를 노려보았다.

"너 일부러 나한테 돌을 던졌니?"

"귀찮게 굴지 말아요!"

"알았다. 그럼 잘 가거라."

알료샤가 돌아서려는데 소년이 쥐고 있던 돌을 던졌다.

"얘야, 내가 뭘 잘못했다고 그러니?"

알료샤가 나무랐다. 소년이 느닷없이 달려들어 손가락을
물고는 놓아 주지 않았다. 알료샤가 비명을 지르자 입을
뗴었다. 손가락에서 피가 흘렀다.

"이제 좀 직성이 풀리니? 대체 왜 나한테 이러는지 말해 봐."

알료샤는 화를 내지 않으려고 애썼다. 그런데 소년은 아무
대답도 하지 않고 도망치고 말았다.

알료샤는 소년을 꼭 만나 손가락을 문 까닭을
알아보아야겠다고 생각하며 호흘라코바 부인 댁으로 갔다.

부인은 대문까지 뛰어나와 알료샤를 맞아주었다.

"내 편지 받으셨나요?"

"예."

"모든 사람에게 알렸어요? 장로님께서 불쌍한 어머니께
아들을 돌려 주셨답니다."

"장로님은 오늘 중으로 돌아가실지도 모릅니다."

"알고 있어요. 이제 다시는 장로님을 뵐 수 없으니 슬플
따름이에요. 카테리나가 지금 여기 와 있어요."

"마침 잘 됐군요."

"나도 어제 일어난 일을 알고 있어요. 그 더럽고 간사한 여자
이야기 들었어요. 어쩌면 미챠가 그럴 수 있죠? 참, 이반도 와
있어요. 지금 두 사람 이야기 나누고 있어요."

"들어가 보죠. 그 전에 부탁이 있는데요. 손가락을 싸맬 붕대
좀 얻을 수 있을까요?"

알료샤는 소년한테 물린 손가락을 감쌌던 손수건을 풀었다.

손수건은 검붉은 피로 얼룩져 있었다.

"끔찍해라! 이렇게 피를 흘리다니. 큰일날 뻔했잖아요?"

호흘라코바가 깜짝 놀라자 리즈가 달려와서

큰 소리로 말했다.

"엄마, 빨리 약 가져오세요. 침실 오른쪽 장에 있어요."

"알았으니까 제발 조용히 해."

호흘라코바 부인이 약을 가지고 왔다. 그리고 알료샤를

카테리나와 이반이 있는 방으로 안내하며 말했다.

"카테리나는 사실 이반을 사랑하고 있으면서

미챠를 사랑한다고 우기고 있어요."

알료샤가 들어갔을 때 이반은 막 자리에서 일어서고 있었다.

'미챠 형은 왜 이반 형이 카테리나와 맺어지길 바라는 걸까?

그루센카와 결혼하는 데 도움이 된다는 말인가? 아니,

그건 형이 자포자기하고 아무렇게나 말하는 것일 거야.

카테리나 역시 미챠 형을 사랑하고 있어.

절대로 이반 형을 사랑하지 않아.'

알료샤는 카테리나가 어떤 여자인지 잘 알고 있었다. 그녀는

언제나 상대방을 지배하지 않고는 견딜 수 없는 성격이었다.

그러나 이반은 결코 상대방에게 지배당할 사람이 아니었다.

"잠깐 기다려요. 나는 진심으로 알료샤의 의견을 듣고
싶어요."

카테리나가 자리에서 일어서려는 이반에게 말했다. 이반은
다시 자리에 앉았다. 카테리나가 말했다.

"알료샤, 어제 그루셴카가 얼마나 무례한지 보셨지요?
나는 지금도 미챠를 사랑하는지 알 수 없어요. 그러나 이미
결심했어요. 비록 그 더러운 여자와 결혼하더라도 절대로
미챠를 버리지 않아요. 조용히 기다리겠어요. 언젠가는
내게로 돌아올 테니까요. 그 때는 자기를 진정으로 사랑하는
사람이 누군지 알게 되겠죠."

그러자 이반이 퉁명스럽게 내뱉었다.

"당신이라면 능히 그럴 수도 있겠지요. 그러나 당신은 평생
의무를 다했다는 만족감으로 살아가겠지만, 생활은 슬픔과
괴로움의 연속일 겁니다."

이반의 말에 카테리나는 눈물을 주르르 흘렸다.

"왜 우셔요?"

알료샤가 놀라서 물었다.

"어젯밤 잠을 못 잤더니 머리가 좀 이상해졌나 봐요.

다행스럽게도 두 분이 곁에 있어 주어 마음 든든해요. 두 분은 결코 나를 버리지 않으시겠죠?"

"나는 내일 모스크바로 떠납니다."

이반이 뜻밖의 말을 했다.

"다행이군요."

카테리나는 상냥하게 미소를 띠며 붙임성 있는 목소리로 말했다.

"아가씨가 꼭 듣고 싶다던 알렉세이의 의견은 듣지 않을 거예요?"

"들어야지요."

"저는 이런 일은 생각지도 못했어요."

알료샤가 중얼거렸다.

"이런 일이라니요?"

"이반 형님이 모스크바로 가는 것을 다행이라고 하신 말씀 말입니다. 아가씨는 지금 연극을 하고 있어요. 내가 지금 이런 말을 하는 건 누군가 진실을 말해야 하기 때문이에요."

"무슨 진실이죠?"

"아가씨가 미챠 형을 사랑한다는 건 거짓말이에요. 그냥 한순간의 감정을 사랑으로 착각하고 있어요."

알료샤의 말에 카테리나는 얼굴이 창백해지면서 입술을
파들파들 떨었다.

"알료샤, 오해하지 마. 카테리나는 나를 사랑한 적이 없어.
물론 나도 입 밖에 내서 말한 적은 없지만, 내가 자기를
사랑하고 있다는 건 잘 알고 있었지. 자존심 강한 여자에게 나
같은 놈의 우정은 필요하지 않겠지. 내가 이 아가씨한테 들은
거라곤 자신이 미챠를 얼마나 사랑하는지 모른다는
이야기뿐이야. 카테리나, 당신은 미챠 한 사람만 사랑했다는
걸 아셔야 합니다."

이반은 인사도 하지 않고 밖으로 나가 버렸다.

카테리나가 방으로 들어갔다.

"이반 형은 돌아오지 않을 거예요."

알료샤가 호흘라코바 부인에게 말했다.

"내가 어떻게 해서든지 이반의 마음을 돌려보겠어요."

호흘라코바 부인이 속삭였다.

방으로 들어갔던 카테리나가 무지갯빛 지폐 두 장을 들고
나왔다.

"알료샤, 부탁이 있어요. 며칠 전 미챠가 점잖지 못한 행동을
했답니다. 사람들이 보는 앞에서 당신 아버님의 심부름꾼

노릇을 하는 퇴역 대위의 턱수염을 움켜쥐고 한참 동안
개처럼 질질 끌고 다녔답니다. 소문을 들으니 그 대위에겐
초등학교에 다니는 아들이 있대요. 그 아들은 아버지가
봉변당하는 걸 보고 말려 달라고 사람들에게 애원했답니다.
그러나 아무도 도와 주지 않았대요. 나는 그 이야기를 듣고
몹시 부끄러웠어요. 소년의 아버지는 지금 병든 아내와 함께
어렵게 살고 있어요. 알료샤가 나 대신 그 소년을 찾
아가 이 돈을 좀 전해 주세요. 미챠를 고소하지 말아 달라는
뇌물은 아닙니다. 다만 도우려는 뜻으로 보내는 것이니 받아
달라고요. 그 사람은 오제르나야 거리에 있는 칼므이코바의
집에 세 들어 살고 있답니다."
알료샤는 소년이 자기 등에 돌을 던지고 손가락을 깨문
이유를 비로소 깨달았다.
소년은 알료샤가 미챠의 동생이라는 걸 알고 있었던 것이다.

알료샤는 미챠의 하숙집으로 갔다. 집주인은 미챠가 벌써
사흘째 돌아오지 않고 있다고 했다.
알료샤는 다시 소년의 아버지 스네기료프 대위를 찾아갔다.
그는 다 쓰러져 가는 오두막집에서 살고 있었다. 가구는

낡았고, 방을 가로질러 매어 놓은 빨랫줄에는 누더기들이
널려 있었다.

방 왼쪽과 오른쪽에 털실로 짠 담요와 침대가 있고, 침대 옆에
놓인 의자에는 환자인 부인이 앉아 있었다.

왼쪽 창가에는 갈색 머리카락에 못생긴 처녀가 서 있고, 침대
옆에는 곱사등이에 앉은뱅이 여자가 앉아 있었다.

그들은 알료샤가 나타나자 호기심 가득한 눈으로 바라보았다.

"이 누추한 곳에는 무슨 일로 오셨는지요?"

스네기료프가 겁먹은 듯한 목소리로 물었다.

"나는 미챠라는 사람의 동생 알료샤입니다."

"알고 있습니다. 왜 오셨는지요?"

"한 가지 말씀드릴 것이 있어서 들렀습니다."

"앉으시지요. 저는 니콜라이 일리이치 스네기료프올시다."

"제 형 미챠와 당신이……."

"목욕탕 수세미 사건 말이죠?"

그 때 알료샤의 손가락을 깨물었던 소년이 커튼을 젖히고
나오며 말했다.

"아빠, 이 사람은 아까 내가 손가락 문 것을 일러바치러 온
거예요."

"손가락을 물었다고?"

"그렇습니다. 무슨 이유인지 모르지만 애가 갑자기 덤벼들어 내 손가락을 깨물더군요."

"내가 혼내주겠습니다."

"나는 그것 때문에 온 게 아닙니다."

"나 참. 그럼 내가 정말로 내 아들을 혼낼 줄 알았습니까? 그것보다 칼로 내 손가락을 몽땅 잘라 버리면 십 년 묵은 체증이라도 가시겠소."

스네기료프는 벌떡 일어나며 씨근덕거렸다.

"알겠어요. 이 아이는 내가 아버지를 욕보인 사람의 동생이라고 그런 것 같군요. 제 형님은 당신에게 한 일을 후회하고 있습니다. 용서를 빌 겁니다."

알료샤가 말했다.

"뭐라고요? 남의 수염을 잡고 마구 끌고 다닌 뒤에 용서만 빌면 그만이란 말입니까?"

"당신이 원한다면 형님은 무슨 보상이든 할 겁니다."

"사람들이 북적대는 술집에서 내 앞에 무릎을 꿇으라고 하면 들을까요?"

"물론입니다."

"오오, 감격해서 눈물이 나올
지경이군요."
스네기료프는 가족들을 소개한
다음 밖으로 나가자고 했다.

"당신 형이 내 수염을 잡고 어떻게 끌고 다녔는지 아시오?
내 수염에는 수세미라는 별명이 붙었소. 당신 형이 나를
술집에서 네거리로 끌고 나갔을 때 마침 초등학교 학생들이
집으로 돌아가고 있었소. 그 속에 내 아들 일류샤가 있었지요.
그 애는 제가 그런 꼴을 당하고 있는 걸 보고 울부짖으며 당신
형에게 나를 용서해 달라고 애걸하더군요. 하지만 당신 형은
이 수세미를 실컷 끌고 다닌 후에야 놓아 주면서 '너도 장교고
나도 장교다! 결투를 하려면 증인을 보내라. 너는 비록 더러운
놈이지만 상대해 주겠다!' 라고 말하더군요."
그러나 스네기료프는 그런 모욕을 당하고도 결투를 신청할 수
없었다. 가족들 걱정 때문이었다.
고소를 할까 하는 생각도 해 보았지만, 그루셴카가 만일
미챠를 고소한다면 다시는 일을 시켜 주지 않겠다고 협박을
했던 것이다.
스네기료프에게 돈을 주고 일을 시키는 사람은 표도르와

그루셴카 두 사람뿐이었다. 그들의 비위를 거스르면 가족들을
굶길 수밖에 없었다.

"이제 사정을 잘 알았습니다. 그러나 일류샤가 여러 아이들과
싸우는 건 위험합니다."

"위험은 벌써 당했소. 가슴을 돌에 맞아 시퍼렇게 멍이 들고
끙끙 앓았습니다."

"당분간 학교에 보내지 마십시오. 그러면 아이의 마음도
가라앉고 분노도 사라지겠지요."

"분노라고요? 그래요. 분노지요. 아이들이란 하나하나
떼어놓고 보면 천사 같지만 한데 모이면 잔인해지지요.
내가 수모를 당하는 걸 본 후 아이들은 일류샤를 수세미라고
놀려대기 시작한 모양입니다. 그렇게 놀려대니까 아이들과
싸움을 하게 된 것이지요. 다른 아이 같으면 오히려 아버지를
부끄럽게 여겼겠지만 일류샤는 아버지를 위해 싸우는 겁니다.
네거리에서 아버지를 살려 달라고 애원하는 그 순간,
일류샤는 하나의 진리를 깨달은 것이지요. 힘이 있어야
산다는 것 말입니다. 그 깨달음이 아이에게 영원히 회복되지
않을 상처를 준 겁니다."

일류샤는 아버지에게 결투를 신청하라고 조르기도 하고, 아주

먼 곳으로 이사를 가자고 조르기도 했다.

그 때마다 스네기료프는 이사를 가고 싶었다고 했다.

"자존심 강한 아이는 눈물을 꾹 참고 있었지만, 일단 폭발하면 폭포처럼 쏟아졌지요. 일류샤는 어제 학교에 갔다 와서 나와 이 곳으로 산책을 나왔었는데, 갑자기 내 목을 껴안더니 흐느껴 울더군요."

알료샤는 스네기료프의 사정이 매우 딱하다는 생각이 들었다. 그는 주머니에서 돈을 꺼냈다.

"이 돈은 카테리나가 위로의 뜻으로 보낸 겁니다. 다른 뜻은 없으니 오해가 없었으면 합니다."

스네기료프는 돈을 보더니 반색을 했다. 그것은 스네기료프가 1년 동안 일해도 벌 수 없는 큰돈이었다. 그러나 그는 돈을 땅바닥에 내동댕이치고는 마구 짓밟았다.

"당신을 보낸 분에게 전해 주시오! 이 수세미는 결코 자신의 명예를 돈에 파는 사람이 아니라고 말입니다!"

"……!"

알료샤는 돈을 주워서 주머니에 넣고 카테리나의 집을 향해 터덜터덜 걸었다.

음흉한 간질 환자 스메르쟈코프

알료샤가 카테리나 집에 도착해서 보니 카테리나가
히스테리를 일으켜 혼수 상태에 빠져 있었다. 의사가 왔지만
아무 소용이 없었다.

알료샤는 불안했다. 일이 더 커지기 전에 미챠를 서둘러
만나야겠다고 생각했다.

여기저기 마챠가 갈 만한 곳을 찾아 헤매다가 엉뚱하게도
스메르쟈코프를 만났다.

스메르쟈코프는 정원에서 어떤 여자와 함께 기타를 치며 돼지
멱따는 목소리로 노래를 부르고 있었다.

그는 알료샤의 기침소리를 듣고서 노래를 그쳤다.

"미챠 형 봤어요?"

"광장의 식당에 있을 거요."

"그래요?"

"예."

스메르쟈코프는 내던지듯 퉁명스레 말했다.

알료샤는 광장의 식당으로 갔으나 수도복을 입고 들어갈 수가
없어 망설이고 있었다. 그 때 이반이 창문으로 고개를 내밀며
손짓을 했다.

"알료샤, 이리 들어와."

이반은 별실에 혼자 앉아 있었다.

"생선 수프라도 시킬까? 수도사라고 차만 마시는 건
아니겠지?"

"좋습니다."

"버찌 잼은 어때? 너 어릴 때 잼 좋아했잖아."

"그런 것도 기억하세요?"

"당연하지."

"대단하시네요."

"네가 열한 살이 될 때까지의 일은 다 기억하고 있어. 그 때

나는 열다섯 살이었지. 나는 내일 이곳을 떠날 거야. 떠나기
전에 작별 인사라도 하고 싶었는데, 잘 됐다."

이반은 이런저런 이야기를 했다. 그는 서른 살이 될 때까지는
인생의 모든 것을 정복하고 말 거라고 했다. 미챠를 무척
만나고 싶다는 이야기도 덧붙였다.

"저도 미챠 형을 찾고 했는데 스메르쟈코프밖에 못 보았어요.
미챠 형과 아버지는 어떻게 될까요?"

"내가 형을 지키는 사람이냐? 이건 동생을 죽인 카인이
하느님에게 한 말과 같구나. 내가 그들을 지키기 위해 여기
남아 있을 순 없잖아. 너도 내가 미챠 형의 약혼녀를
가로채려고 여기 왔다고 생각하지는 않겠지? 난 내 볼일
때문에 왔어. 그리고 이젠 볼일이 다 끝나서 떠나는 거야.
너도 들었으니 알겠지. 형은 카테리나를 내게 넘겨 주겠다며
축복까지 해 주었어. 우스운 일이지. 사실 나는 그녀를
좋아한다고 생각했고 그것 때문에 나름대로 무척 괴로웠어.
물론 지금도 난 그녀를 좋아해. 그런데 이상하게도 그녀 곁을
떠나는 것이 이렇게 홀가분할 수가 없어. 너는 이러는 내가
허세를 부리는 것 같니?"

이반은 쓸쓸하게 웃었다.

"아닙니다."

"알료샤, 사랑에 관한 토론은 그만두자. 아까 네가 진실을
말하겠다고 끼어드는 거 보고 정말 놀랐어! 너한테 고맙다고
인사하고 싶었단다. 그녀는 미챠 형을 조금도 사랑하지
않았어. 발악하고 있었을 뿐이지. 그녀가 미챠 형이 아닌 나를
사랑한다는 걸 깨달으려면 적어도 15년, 아니 20년은 걸릴 거
야. 어쩌면 평생 걸려도 깨닫지 못할지도 모르고……. 어쨌든
나는 떠날 거야. 알료샤, 내가 나간 후 그 아가씨는 어떻게
되었지? 하긴 그것은 내 알 바 아니지. 알료샤, 내 자유를 위해
축배를 들자."

"아뇨, 저는 술을 마시지 않아요. 정말 내일 떠날 건가요?"

"언제 떠나든 너와 이야기할 시간은 충분해. 왜 그러니?
우리는 무엇 때문에 여기 왔지? 카테리나와 미챠, 아버지에
대한 이야기를 하려고 왔나? 나는 말야……."

이반은 그 동안 자신이 품어 온 인생과 신앙에 관한 생각들을
이야기하기 시작했다.

그는 신의 존재는 인정하지만 신이 창조했다는 세계는
부정한다고 말했다. 신보다는 인간의 문제, 인류의 눈물에 더
관심이 많다고 했다.

"예를 들어 볼게. 어떤 장군이 사소한 잘못을 저지른 한
어린이를 들판으로 끌어냈어. 본을 보여 주겠다고, 농민들과
아이 어머니까지 모두 소집했지. 장군은 아이의 옷을 벗긴 후
들판에 세워 놓고 '저놈을 내몰아라!' 하고 명령했어.
몰이꾼들은 벌거숭이 아이를 '뛰어라, 뛰어!' 하고 소리치며
짐승처럼 쫓았지. 아이는 두려움에 질려서 달아나기
시작했어. 그 때 장군은 사냥개를 풀어 놓았지. 아이는 어머니
앞에서 개에 물려 죽고 말았어. 아이를 무참하게 살해한
장군은 금고형을 받았지. 뭐라고 말 좀 해 봐. 너라면 그
장군을 어떻게 해야 속이 시원하겠니?"
"총살형에 처해야죠!"
"총살형에 처해?"
"네, 당연히!"
알료샤는 얼굴을 일그러뜨리며 대답했다.
"역시 넌 수도사야."
이반은 빙그레 웃었다.
"아닙니다. 제가 말실수를 한 것 같군요."
알료샤는 형의 말에 고개를 저었다.
이반의 이야기는 계속되었다.

아이의 어머니는 과연 그 장군을 신앙의 힘으로 용서할 수
있을까? 그 장군과 아이 어머니가 얼싸안고 하느님을
찬양하며 눈물 흘릴 날이 올까? 분노와 복수심이 끓어오르면
어떻게 해야 할까?

"모든 것을 진정으로 용서할 수 있는 분은 오직 하느님
뿐입니다."

알료샤는 단호하게 강조했다.

"하하! 그래. 죄 없는 단 한 분이라는 그리스도와 그 피에 대해
얘기하고 있구나. 수도사들은 누구나 논쟁을 할 때면 으레
예수와 하느님을 먼저 들먹이지."

알료샤는 인간에 대한 이반의 사랑은 이해가 되었다. 그러나
신의 세계를 부정하는 데는 찬성할 수 없었다.

"알료샤, 이 넓은 세상에서 너만은 내 친구라고 생각한다.
하지만 나는 인류가 어떤 짓을 해도 상관없다고 생각해. 너는
이런 나를 버릴 거냐?"

"……."

알료샤는 조용히 일어나 이반의 손등에 입을 맞추었다.

"이런, 네가 이렇게 예술적인 표현을 하다니."

이반은 기분이 약간 좋아진 모양이었다.

"내가 서른 살이 되면 어디서 살든 꼭 너를 찾겠다. 한 10년쯤
못 만나게 될지도 몰라. 그럼 넌 수도원으로 가거라."
알료샤와 이반이 이야기하는 사이에 땅거미가 밀려오고
있었다.
바람이 심하게 불었다. 수도원의 수백 년 묵은 소나무가 마구
흔들리고 있었다.
이반은 아버지 표도르의 집으로 가는 동안 자꾸만 마음이
불안해졌다. 집 앞에 왔을 때 대문 앞 벤치에 앉아 있는
스메르쟈코프를 발견했다. 그 순간 이반은 마음 속의 불안의
정체가 스메르쟈코프 때문이라는 것을 깨달았다.
알료샤가 스메르쟈코프를 만났다는 말을 들었을 때도 공연히
마음이 어두워지고 불길한 느낌이 들었었다.
이반은 처음 표도르의 집에 왔을 때 이 이상한 하인에게
흥미를 느꼈다. 그는 스메르쟈코프와 많은 이야기를
나누었는데, 갈수록 그의 조리에 맞지 않는 말투며 불안정한
생각들이 예사롭지 않게 느껴졌다.
스메르쟈코프는 항상 중요한 대목에서 화제를 돌려 버리거나,
자기는 그것과 아무 상관 없는 사람인 양 행동했다.
이반은 집안 문제에 대해 그와 이야기한 적이 있었다.

스메르쟈코프는 그 때 흥분을 감추지 못했다. 그러나 정작
문제를 해결하고 싶어하는 태도를 보인 적은 없었다. 가끔
어떤 불길한 일을 암시하는 듯한 말만 중얼거렸다.

이반이 스메르쟈코프를 아주 미워하게 된 것은, 거만하고
오만한데다 마치 주인의 아들이라도 되는 듯한 뻔뻔스러운
태도 때문이었다.

이반은 '비켜, 이 바보 놈아!' 하고 소리치고 싶었지만,
스스로도 놀랄 정도로 부드러운 말이 나왔다.

"아버지는 주무시나?"

"예. 그런데 도련님은 왜 체르마쉬냐에 가지 않습니까?"

체르마쉬냐에는 표도르의 땅이 있었다. 표도르는 그 땅에서
나는 나무를 사겠다는 사람이 있다며 이반에게 갔다 오라고
부탁했었다.

"내가 왜 거기에 가?"

"주인님이 도련님께 부탁하시지 않았습니까?"

스메르쟈코프가 정말 하고 싶어하는 말은 그것이 아니라는
것을 이반은 알 수 있었다.

"할 말이 있거든 똑바로 해. 이 망할 자식아!"

"……!"

"어서!"

이반은 버럭 성을 냈다.

"뭐 대단한 건 아니지만 제가 좀 입장이 난처해졌습니다.
주인님과 미챠 도련님 말입니다, 두 분 다 제정신이 아니에요.
주인님은 저를 붙잡고 '그루셴카 왔니? 안 왔니?' 하고
물으시고, 도련님은 그루셴카의 머리카락이라도 보이면 곧장
알리라고 하시는데, 만일 제때 안 알리면 저를 처참하게
죽이시겠답니다."

"넌 왜 아버지와 형 사이에 끼어들었지?"

"끼어들지 않을 도리가 있습니까? 미챠 도련님은 저를 보기만

하면, '이 악당 놈아, 그 여자가 찾아온 걸 알리지 않으면 죽여
버릴 테니 각오해라!' 이러시니, 아마 저는 내일쯤 심한
발작을 일으킬지도 모릅니다."

"심한 발작을 일으키다니, 그게 무슨 소리야?"

"간질병 말입니다. 제 간질은 몇 시간, 아니 하루나 이틀 동안
발작이 계속될 수도 있습니다."

"발작이 일어날 걸 어떻게 예고하지?"

"저는 매일 다락을 오르내리니까 계단에서 떨어져 발작이
일어날 수도 있고, 지하실에서 발작이 일어날 수도 있지요."

"허튼 소리 그만해. 너는 내일부터 간질 발작이 일어난
척하겠다는 말을 하고 있어. 그렇지?"

"생명을 지키기 위해서는 그런 방법이라도 생각해야지요.
그러면 주인님이나 미챠 도련님이 왜 그루셴카가 온 걸
알리지 않았느냐고 따지지 않을 수도 있으니까요."

"못난 놈! 무엇 때문에 넌 밤낮 목숨 타령만 하는 거냐? 설사
미챠 형이 협박을 했다고 해도 홧김에 그런 것뿐인데."

"아니에요. 미챠 도련님은 저를 파리 새끼처럼 죽일지도
몰라요. 또 만일 그분이 주인 어른에게 무슨 일을 저지르면
제가 공범으로 몰릴 거예요."

"그건 또 무슨 소리야?"

"제가 주인님이 가르쳐 주신 신호를 미챠 도련님께 불어 버렸거든요. 주인님은 미챠 도련님이 쳐들어올까 봐 무서워서 언제나 방문을 걸어 잠그고 계세요. 그리고 그루셴카가 오면 방문을 두드려서 신호를 보내라고 하셨어요. 처음에는 천천히 두 번, 이어서 빠르게 세 번, 이렇게 두드리면 주인님이 방문을 열어 주시기로 하셨지요. 그 신호를 제가 미챠 도련님께 가르쳐 드린 겁니다."

"이 나쁜 자식! 어떻게 그런 짓을 할 수 있지?"

"협박 때문이었어요. 미챠 도련님이 제 다리를 부러뜨린다고 하셨거든요."

"그래도 그렇지. 만일 형님이 집으로 들어오려고 하면 네가 막아. 알았어?"

"저도 그럴 작정입니다만, 전 간질환자인데 혹시 발작이 일어나면……."

"씨도 안 먹히는 소리 작작해! 네가 발작이 일어나더라도 그리고리와 마르파가 대신 막을 수 있잖아?"

"그리고리는 몸이 불편해서 내일 마르파가 만든 약을 먹기로 했어요. 그리고리는 1년에 세 번씩 약을 먹어요. 약초를

보드카에 담가 두었다가 건더기는 아픈 곳에 붙이고 보드카는
약술로 마시지요. 약술을 마시면 밤새도록 죽은 듯이 잠만
자요. 마르파도 술이라면 질색이지만 남편을 치료할 때는
남은 약술을 마시고 곯아떨어진답니다. 그러고 나서 이튿날
아침에 일어나면 거뜬해진다고 했어요."

"어처구니없는 소리 그만둬. 그런 일이 어떻게 동시에
일어난단 말이냐? 그건 네가 다 꾸민 이야기야."

"제가 무슨 재주로 그런 이야기를 꾸며 냅니까?"

"그루셴카가 온다는 건 아버지의 공상일 뿐이야. 미챠 형님은
몰래 찾아다니는 분이 아냐."

"그럴지도 모르지요. 하지만 미챠 도련님은 주인님 방에 3천
루블이 있다는 걸 알고 계셔요."

"이 악당아! 이젠 형님을 강도로 몰 작정이냐?"

"그 분은 지금 돈이 아쉬운 상황이잖아요?"

"그런 걸 다 아는 놈이 왜 나보고 체르마쉬냐에 가라고 했지?
내가 떠나면 당장 그 일이 일어날 게 아니냐?"

"저는 도련님을 생각해서 그랬어요. 사건에 휘말리지
말라고요."

"너 진짜 나쁜 놈이구나."

이반은 벌떡 일어났다. 당장이라도 후려칠 듯 스메르쟈코프를 노려보았다.

스메르쟈코프는 주춤 물러섰다.

"나는 내일 모스크바로 떠날 거야."

"잘 생각하셨어요. 무슨 일이 생기면 전보를 쳐 드리지요."

"체르마쉬냐에 가도 전보를 받을 수 있겠지?"

"물론이죠."

이반은 스메르쟈코프를 한참 노려보다가 물었다.

"네가 나에게 체르마쉬냐에 가라고 권한 것은 전보를 받고 돌아오기가 모스크바보다 가깝기 때문이냐?"

"예."

이반은 잠을 이룰 수가 없었다. 이따금 무슨 소리가 나는지 귀를 기울이다가, 층계로 나가 거실에서 서성이는 표도르의 움직임을 살펴보기도 했다.

이반은 자신이 비겁하다는 걸 잘 알고 있었다. 자신이 이곳을 떠나 있는 동안 미챠가 그루셴카 때문에 아버지 표도르를 죽이든 살리든 자신은 위협받지 않을 것이다.

그는 어떻게 그런 일이 일어날 수 있겠느냐고 고개를

저었지만, 마음 속으로는 미챠의 살인을 은근히 기대하고
있었다.

이튿날 아침, 이반은 아버지가 체르마쉬냐에 가 달라는
부탁을 거절하고 모스크바로 떠났다. 그는 훗날 이 순간의
결정이 자신의 인생에서 가장 비겁한 것이었음을 알게 될지도
모른다는 생각을 했다.

"역시 영리한 분과는 얘기가 잘 통하는군요."

이반의 마차가 막 출발하려 하자 스메르쟈코프가 음흉한
웃음을 띠며 다가와 속삭였다. 이반은 그 목소리를 듣는 순간
소름이 돋았다. 그는 더 지체하지 않고 출발했다.

표도르는 아들을 떠나보내고 편안한 마음으로 술잔을
기울이고 있었다.

그런데 별안간 난처한 일이 생겼다. 스메르쟈코프가 지하실에
내려가다가 계단에서 굴러 떨어져 발작을 일으킨 것이다. 곧
의사를 불러 왔지만 스메르쟈코프의 발작은 그치지 않았다.
하지만 표도르는 아침에 스메르쟈코프로부터 그루셴카가
오늘밤 오겠다고 하더라는 말을 들었기 때문에 흐뭇한
마음으로 저녁이 오기를 기다렸다.

조시마 장로

이반과 식사를 하고 헤어진 알료샤는 조시마 장로의 방으로 들어섰다. 이미 의식이 없을 거라고 믿었던 조시마 장로는 안락의자에 앉아서 손님들과 대화를 나누고 있었다.

"어서 오게. 자네가 올 줄 알았네."

"예……."

조시마 장로는 반갑게 손을 내밀었다.

알료샤는 조시마 장로에게 절을 하고 눈물을 흘렸다.

"왜 그러는가? 형들은 만나 보았는가?"

"둘 중 한 분만 만났습니다."

"내가 절을 한 그 형을 만났나?"

"이반 형만 만났습니다."

"내일도 나가서 찾아보게. 다른 일은 모두 제쳐 두고

형 찾는 일부터 하게 운이 좋으면 아직은 무서운 일을

막을 수 있을지도 모르네. 나는 그 사람이 겪어야 할

무서운 고난 때문에 머리를 숙였다네."

"장로님, 혹시 형에게 좋지 않은 무슨 일이

일어날 거란 말씀입니까?"

"더 알려고 하지 말게. 나는 자네 형의 눈을 보는 순간 다가올

재앙을 알아채고 가슴이 서늘해지는 걸 느꼈다네. 나는 눈에

자기 운명이 그대로 드러나는 사람을 한두 번 보았는데,

슬프게도 그들의 운명이 내 예상대로 였어. 알료샤, 나는
자네가 형에게 도움이 되라고 보낸 것이네. 결국은 하느님의
뜻대로 되겠지만."
장로는 수도사들에게 옛날 일을 이야기해 주었다.

그에게는 형이 하나 있었는데 죄수들과 사귀더니 무신론자가
되고 말았다.
그러다가 갑자기 병이 나서 죽음을 앞두게 되었다. 그의 형은
다시 신앙을 되찾았으며 동생에게 모든 것을 부탁하고
편안하게 세상을 떠났다.
"부디 내 몫까지 살아 주렴."
어머니와 둘이 남게 된 그는 사관학교를 나와 장교가 되었다.
그는 한때 젊고 아름다운 아가씨를 사귀기도 했다. 그런데 그
여자에게 약혼자가 있다는 걸 알고 그 사람에게 터무니없는
모욕을 주어 결투를 하게 되었다.
결투를 앞둔 날, 그는 몹시 신경이 곤두서 있었다. 숙소로
돌아온 장교는 시중드는 당번병의 뺨을 사정없이 후려쳤다.
다음날 아침, 그는 일어나 창문을 열면서 이런 생각을 하게
되었다.

'어제는 남의 피를 흘리게 하고 오늘은 나를 죽이러 가는구나.
대체 내가 무슨 짓을 하는 걸까? 인간이 인간을 때리다니!
창밖에는 햇살이 눈부시게 빛나고 새들은 하느님을 찬양하는
노래를 부르고 있는데…….'

그는 두 손으로 얼굴을 감싸고 흐느껴 울기 시작했다. 형이
죽어가면서 하인들에게 자신의 잘못을 용서해 달라고 빌던
모습이 떠올랐다. 그는 당번병 앞으로 가서 무릎을 꿇고 어제
일을 사과했다. 결투장에 가서도 상대방에게 총을 쏘는 대신
사과를 했다.

이 일이 알려지자 부대에서는 군인의 명예를 더럽혔다며 당장
제대를 하라고 했다. 군에서 쫓겨난 그는 수도사의 길을 걷게
되었다.

"러시아의 수도원은 민중들과 가까이 있었으므로 그들 중에
민중의 지도자가 많이 나왔지요. 민중이야말로 하느님과 직접
연결되어 있다는 걸 잊지 마시기 바랍니다."

조시마 장로는 설교를 끝내고 안락의자에서 내려와 무릎을
꿇고 엎드렸다.

두 팔을 벌려 대지에 입맞추고는 조용히 눈을 감았다.

장로가 세상을 떠났다는 소식은 곧 수도원에 알려졌다. 동이

틀 무렵에는 읍내에 다 알려졌다. 사람들이 수도원으로
몰려오기 시작했다.

조시마 장로의 관은 큰 방에 안치되었다. 진혼 미사가 끝나자
신부들이 그 옆에서 복음서를 읽기 시작했다.
수도원에는 각처에서 모여든 사람들로 북적대었다. 성인이
돌아가셨으니 기적이 일어날 것을 믿고 찾아온 병자들이었다.
그들은 기적의 은혜를 입기 위해 조시마 장로의 죽음을
기다리고 있었다.
그런데 하루가 다 가기도 전에 조시마 장로의 시체가
부패하면서 냄새를 풍기기 시작했다.
"성자의 시체는 썩지 않고 향기가 난다고 했는데……."
"장로가 죽은 지 하루도 안 되어 썩는 냄새를 풍기다니, 잘난
체는 혼자 다하더니 성자가 아니었구먼."
실망한 사람들은 폭동이라도 일으킬 기세였다.
파이시 신부는 군중들 사이에서 알료샤를 발견하고 작은
목소리로 이렇게 말했다.
"알료샤, 너도 이 자들과 한패는 아니겠지?"
"……."

알료샤는 히죽 웃으며 고개를 돌리더니 신부에게

예의도 차리지 않고 밖으로 나갔다.

"다시 돌아올 거지?"

파이시 신부는 놀라서 알료샤의 등에다 대고 말했다.

알료샤는 바라는 것이 있었다. 그것은 단순한 기적이

아니라 종교에 대한 올바른 인식과 정의였다.

'하느님께서는 어느 때보다도 당신의 손길이 필요한

이 때 왜 장로님을 내버려 두시는 것일까?'

알료샤의 가슴에는 피가 끓어올랐다.

그 순간 소나무 숲을 걷던 라키친은 숲 속에 앉아 있는

알료샤를 발견했다.

"알료사, 여기서 뭐 하는 거야?"

"제발 나 좀 내버려 둬."

"그럼 너도 기적을 기대하고 있었던 거야?"

"그래, 기대하고 있었어."

"그런 건 열 살짜리도 믿지 않아."

"나는 하느님께 반역하는 게 아니라 하느님의

세계를 인정하지 않을 뿐이야."

"하느님 세계를 인정하는 문제는 뒤로 밀어 두자. 안색을 보니

뭘 좀 먹어야 될 것 같은데……, 호떡이랑 소시지 줄까?
아니면 술은 어때?"

"뭐든지 줘."

"우리 그루셴카의 집에 가서 한 잔 하자. 그 여자가 너를
만나고 싶어하던데."

"좋아."

라키친은 기뻤다. 그는 은근히 알료샤가 그루셴카처럼 소문이
안 좋은 여자의 유혹에 넘어가 타락하는 모습을 보고 싶었다.
그래서 알료샤를 그루셴카의 술집으로 데려갈 기회를 노리고
있었다.

그루셴카의 술집은 읍내에서도 가장 번화한 거리에 있었다.
그녀는 열일곱 살 때 어떤 장교를 사랑했는데, 그 남자가 다른
여자와 결혼해 버려 가난과 외로움에 허덕이고 있었다.
그 때 삼소노프라는 상인이 그녀를 이곳으로 데려와 함께
살게 했다.
4년이 지난 요즘, 빼빼 마른 데다 겁먹은 듯한 눈만 퀭하던
그루셴카는 굉장한 미인으로 변해 있었다.
알료샤와 라키친이 술집으로 들어가니 그루셴카는 외출을

하려는 듯 옷을 입고 있었다.

"어머나, 알료샤! 이렇게 찾아와 주시다니 정말 기뻐요.
페냐, 밖에 나가서 대위님이 부근에 숨어 있는지 살펴보고
오렴. 무서워서 그래."

그루셴카의 말에 하인이 쪼르르 달려나갔다가 오더니 아무도
없다고 했다.

그루셴카가 말한 대위는 미챠였다.

라키친이 한 마디 했다.

"미챠는 당신에게 고분고분할 텐데 뭐가 무섭다는 겁니까?"

"모르시는 말씀이에요."

그루셴카는 조금 전에 삼소노프의 집에서 돌아온 길이었다.
돈 계산을 할 일이 있다면서 미챠에게 그 집에 데려다 달라고
부탁한 다음, 시간이 오래 걸릴 것 같으니 12시에 데리러 와
달라는 말로 미챠를 따돌리고 다시 집으로 돌아왔던 것이다.
첫사랑 무샤로비치를 만나러 가기 위해서였다.

"그가 지금 모크로예에 와 있어요. 나를 안내할 사람을
보내겠다는 편지를 보냈더군요. 5년 전 삼소노프 영감이 나를
이곳으로 데려왔을 때, 나는 문을 닫아걸고 아무도 만나지

않았어요. 반드시 앙갚음을 하겠다고 이를 악물고 하염없이
울었죠. 그리고 나는 온 세상을 손에 넣을 듯이 독하고
잔인한 여자로 변해 가면서 돈을 모으기 시작했어요.
삼소노프한테 배운 건 장사 수완밖에 없으니까요. 그렇게
5년을 살았는데 무샤로비치가 나를 찾는 거예요.
그 사람을 용서해야 할까요, 아니면 저주해야 할까요?"
"당신은 벌써 용서한 것 같은데요."
"그렇게 보입니까?"
"그래요."
알료샤는 부드러운 목소리로 격려해 주었다.
그루셴카는 지난번 카테리나의 집에서 소동을 일으킬
때와는 달리 오늘은 무척 순하고 착해 보였다.
"어쩌면 용서하지 않았는지도 몰라요. 하지만 눈물로
지샌 5년과도 이젠 이별이에요. 이만 가 봐야겠어요!"
알료샤와 라키친이 돌아서서 나오려는데 그녀가 다시 불렀다.
"알료샤, 미챠 형님께 전해 줘요. 이 그루셴카가 한때
미챠를 사랑한 적이 있었다고요. 그것만은 영원히
잊지 말아 달라고 하더라고요."
알료샤는 다시 수도원으로 돌아왔다. 퍽 늦은 시각이었다.

그가 장로의 관이 안치되어 있는 방으로 들어가 보니 젊은
수습 수사는 잠에 곯아떨어져 있고, 파이시 신부는 복음서를
읽고 있었다.

알료샤는 무릎을 꿇고 기도를 드리기 시작했다. 그러다가
자기도 모르게 꾸벅꾸벅 졸기 시작했다.

"애야, 왜 여기서 자고 있니?"

몸집이 작은 노인이 알료샤의 손을 잡아끌었다.

"아아, 스승님!"

"두려워하지 말거라."

"알겠습니다."

알료샤는 마음 속 깊은 곳에서 환희의 눈물이 솟구쳐 올라
눈을 떴다. 분명 무릎을 꿇은 채 잔 것 같은데 이상하게도 서
있었다. 그는 누구에게 등을 떠밀린 듯 앞으로 나가 장로의
관 앞에 섰다. 그리고 관 속에 누운 장로를 물끄러미
내려다보다가 밖으로 나갔다. 그는 땅바닥에 엎드려 입을
맞추었다.

누군가가 영혼의 문을 열어 주는 듯한 느낌이었다.

어릿광대 표도르의 비참한 죽음

미챠는 그루셴카가 첫사랑을 만나러 모크로예로 가기 전부터
흥분과 초조함을 감추지 못했다.

그는 그루셴카가 이렇게 말해 주기를 간절히 바라고 있었다.

'당신을 사랑해요. 나를 어디론가 데려가 주세요.'

하지만 그녀와 결혼을 하려면 우선 멋대로 써 버린
카테리나의 돈을 갚아야 했다. 좀도둑이라는 죄책감에서도
벗어나고, 새로운 인생도 시작하고 싶기 때문이었다.

'돈이 있어야 한다. 그런데 돈을 어떻게 마련하지?'

미챠의 머릿속에는 문득 삼소노프 노인이 떠올랐다.

'삼소노프 노인은 언제 죽을지 모르니까 그루셴카가 새

출발을 하겠다고 하면 도와 줄 거야!'

미챠는 여러 가지 서류를 가지고 삼소노프 노인을 찾아갔다.

그루셴카가 미챠 몰래 모크로예로 떠나기 훨씬 전의

일이었다.

삼소노프는 멀대같이 키가 큰 아들과 심부름하는 아이의

부축을 받으며 응접실로 나왔다.

"무슨 일이오?"

미챠가 인사를 하자 노인은 귀찮은 듯한 얼굴로 천천히

물었다.

미챠는 공손하게 자신과 그루셴카의 관계를 얘기하고

새 출발을 하고 싶으니 3천 루블만 빌려 달라고 부탁했다.

그것도 그냥 빌려 달라는 것이 아니라 체르마쉬냐 땅을

담보로 맡기겠다고 했다.

그 땅은 어머니가 미챠에게 물려준 유산이었다. 그러나 이미

표도르가 그에게 돈을 조금 주고 빼앗아 버렸다.

"나는 그런 거래는 하지 않소."

삼소노프는 냉정하게 거절했다.

"아아, 전 이제 파멸입니다."

미챠는 절망적으로 부르짖었다.

"미안하오. 나는 토지에는 손대지 않소. 하지만 마침 적당한
친구가 있으니 한번 찾아가 보시오."

"그 사람이 누굽니까?"

"목재상을 하는 랴가브이요. 그 사람이 요즘 일린스코예
마을의 일린스키 신부님 댁에 묵고 있어요. 내게 삼림 매매에
관해 편지를 보낸 적이 있는 사람이오. 머지않아 당신 아버지
표도르도 그 사람을 만나러 갈 것이라고 했소. 그를 찾아가
보시오."

"고맙습니다. 어떻게 감사를 드려야 할지 모르겠군요."

미챠가 악수를 청하자 삼소노프는 슬그머니 손을 뒤로 뺐다.
미챠는 개의치 않고 삼소노프의 집을 뛰어나왔다.

"저놈을 다시 집에 들이면 혼날 줄 알아!"

미챠가 대문을 나간 뒤 삼소노프는 집안 식구들에게 불같이
화를 냈다.

미챠는 곧장 랴가브이를 만나러 가려 했으나 차비가 없었다.
낡은 은시계를 전당포에 6루블을 받고 맡기고, 하숙집
주인에게 3루블을 더 빌렸다.
돈은 마련했지만 한 가지 걱정이 있었다.

'내가 없는 동안 그루셴카가 아버지를 찾아가면 어쩌지?'

미챠는 자기가 어디에 갔다는 소문이 밖으로 새어 나가지

않도록 하숙집 주인에게 단단히 일러 놓고 길을 떠났다.

'무슨 일이 있어도 오늘 밤 랴가브이를 만나야 해.'

그러나 일은 갈수록 꼬이기만 했다. 일린스코예 마을을

찾아갔으나 일린스키 신부는 이웃 마을에 가고 없었다.

신부를 찾는 동안 날이 어두워지고 말았다.

"랴가브이는 지금 목재 매매 일로 다른 마을에 있는 산지기네

집에 갔습니다."

일린스키 신부가 말했다.

"죄송합니다만 저를 그곳까지 안내해 주십시오. 제발

부탁합니다!"

신부는 처음에는 난처해하더니 고개를 끄덕였다.

"그럼 멀지 않으니 걸어갑시다."

"네, 감사합니다."

미챠는 기운차게 성큼성큼 걸었다. 그런데 아무리 걸어도

산지기의 집은 나타나지 않았다. 나중에 안 일이지만 그곳은

꽤 먼 거리였다.

미챠는 분통이 터지는 걸 간신히 참고 산지기의 집으로

들어갔다. 집 안은 난로를 피워 놓아 훈훈했다. 여기저기
먹다 만 빵과 빈 술병이 널려 있었다.

랴가브이는 베개 대신 옷을 둘둘 말아 베고 코를 심하게 골며
자고 있었다.

미챠는 랴가브이를 흔들어 깨웠다. 그러나 잠에 취한 그는
눈을 쉽게 뜨지 않았다.

"아침부터 종일 마셨답니다. 아무래도 내일 아침까지는 못
일어날 것 같습니다."

산지기가 말했다.

미챠는 속이 탔지만 어쩔 수가 없었다. 신부는 돌아가고
미챠는 랴가브이가 깨어날 때를 기다렸다. 그러다가 깜빡
잠이 들었다.

눈을 떠 보니 아침 아홉 시였다. 랴가브이는 탁자 앞에 앉아
있었다. 탁자 위에는 벌써 반이나 마셔 버린 술병이 놓여
있었다. 그는 술잔을 들고 미챠를 노려보았다. 눈빛이 흐려
있었다.

미챠는 그에게 말을 해 보았자 아무 소용이 없다는 것을
깨달았다. 그는 앞으로 일주일은 더 술만 마실 것 같았다.

그 때까지 기다릴 수는 없었다.

미챠는 할 수 없이 밖으로 나왔다. 그러나 사방이 숲으로
둘러싸여 있어 어디로 가야 할지 분간이 안 되었다.

"아아, 어디를 봐도 죽음만이 나를 에워싸고 있구나!"

미챠는 삼소노프 노인에게 감쪽같이 속았다는 것을 알았으나
원망하지는 않았다. 그는 지나가는 마차를 얻어 타고 겨우
숲을 빠져 나와 읍내로 돌아왔다.

미챠는 곧장 그루셴카의 집으로 가서 그녀를 만났다. 그리고
돈 문제 때문에 삼소노프의 집에 간다고 해서 데려다 주었다.
잠시 후면 그루셴카가 자기를 따돌리고 무샤로비치를 만나러
갈 줄은 꿈에도 몰랐던 것이다.

미챠는 애지중지하던 권총 상자를 들고 오래 전부터 알고
지내던 페르호친의 전당포를 찾아갔다. 그리고 권총을
맡기면서 10루블만 빌려 달라고 했다.

"돈을 더 줄 테니 총을 나한테 파는 게 어떻소?"

"돈이 필요하긴 하지만 아끼는 총이라서…. 그냥 10루블만
빌려 주시오."

돈을 빌린 미챠는 호흘라코바 부인을 찾아갔다. 그 부인은

미챠를 무척 싫어했으므로, 돈만 구하면 카테리나를 떠나

아주 멀리 가겠다고 하면 빌려 줄지도 모른다는

생각에서였다.

"그러잖아도 당신을 무척 보고 싶었답니다."

호흘라코바 부인은 두 팔을 쩍 벌리며 과장된 몸짓으로

미챠를 환영했다.

"부인께서 저를 이렇게 환영해 주시다니, 놀라운 일이군요.

사실은 중대한 용무가 있어서 왔습니다. 부인, 저를 좀 도와

주세요."

"도와 드리고말고요. 무슨 일이든 말씀만 하세요."

호흘라코바 부인은 선선히 대답했다.

미챠는 땅 문서를 담보로 3천 루블을 빌려 달라고 했다.

"3천 루블요? 그건 문제없어요. 그 열 배 스무 배도 좋아요.

당신이 광산에 가서 일하겠다고 약속해 준다면, 그 돈은 이미

당신 주머니에 들어가 있는 것과 다름없어요. 광산에 가면

돈은 금방 생겨요. 요즘은 광산업이 가장 잘 나가니까요. 나는

당신이 광산 일에 딱 맞는다고 생각했었어요. 당신이 광산에

가서 수백만 루블을 벌어 훌륭한 사업가가 된 다음

이 고장으로 돌아오면 되지요. 그렇게만 하면 당신은

곧 러시아 재무부에 없어서는 안 될 주요 인사가 될 겁니다."

미챠는 호흘라코바 부인이 엉뚱하게 꿈에 부푼 이야기만 하며
시간을 끄는 것이 불안했다.

"광산 아니라 어디든 가겠습니다. 전 지금 3천 루블이
필요하거든요."

"그런데 지금은 내게 그만한 돈이 없답니다. 현금이 없어서
미우소프 씨에게 빌렸을 정도니까요. 당신을 구할 수 있는 건
오직 광산뿐이에요!"

호흘라코바 부인은 갑자기 시치미를 뚝 떼었다.

"조금 전에는 그 돈이 내 주머니에 들어 있는 것과
마찬가지라고 하지 않았소?"

"난 그렇게 말한 적 없어요."

미챠는 어이가 없어서 탁자를 주먹으로 내리쳤다.

호흘라코바 부인은 얼른 응접실 구석으로 몸을 피했다.

미챠는 분을 견딜 수 없어서 침을 탁 뱉고는 그 집을
뛰쳐나왔다.

얼마 후였다. 미챠는 앞도 제대로 보지 않고 정신없이 걷다가
어둠 속에서 누군가와 부딪쳤다.

“이놈아, 눈은 어디 두고 다니는 게냐?”

“아니, 미챠 도련님이…….”

“당신은 삼소노프 댁 할멈 아니오? 한 가지 물어봅시다. 아까 그루셴카를 그 집까지 데려다 주었는데 아직 거기 있습니까?”

“벌써 가셨어요. 10분쯤 있었을까? 주인 영감님을 한바탕 웃겨 놓고는 곧장 돌아가셨지요.”

“뭐야?”

미챠는 저도 모르게 소리를 빽 질렀다.

“에구머니!”

하녀는 비명을 지르며 뒤로 넘어갈 듯했다.

미챠는 그루셴카의 집으로 달려갔다.

“아이고! 살려 주세요.”

부엌에서 일하던 하녀 페냐와 그녀의 할머니 바트료나가 질겁을 했다.

“소리는 왜 질러? 그루셴카 어디 갔어?”

“몰라요. 미챠님, 정말 몰라요.”

“그래, 네가 떨고 있는 것을 보니 알고 있구나?”

미챠는 돌아나가려던 걸음을 멈추었다. 식탁 위에 놓여 있는 놋쇠 절굿공이가 눈에 들어왔던 것이다. 미챠는 그것을 집어

주머니에 넣었다.

'이제 더 의심할 것도 없어. 그 여자가 찾아갈 사람은
어릿광대 영감밖에 없어.'

미챠는 질투심이 끓어올라 표도르의 집으로 달려갔다. 대문이
잠겨 있어 뒤쪽 담을 넘었다. 그리고 발소리를 죽여 가며
표도르의 방 창문 밑으로 다가갔다.

표도르는 비단 가운을 입고 창가에 서 있었다. 마치 누군가를
기다리고 있는 것 같았다.

'그루셴카가 왔다면 저렇게 서 있지 않을 텐데 이상하군.'

미챠는 스메르쟈코프가 가르쳐 준 대로 문을 똑똑 두드려
보았다.

"그루셴카, 네가 왔구나."

표도르는 떨리는 목소리로 속삭이듯 말했다. 미챠는 가슴이
두근거렸다.

표도르가 창문을 열었다. 욕심과 심술이 더덕더덕 붙은
뻔뻔스러운 표도르의 얼굴을 보자 미챠는 말할 수 없는
혐오감이 치밀었다. 그는 주머니에 넣어 둔 놋쇠 절굿공이를
만지작거렸다.

그 때 갑자기 표도르의 비명소리가 들렸다. 깜짝 놀라 방으로

들어가 보니 표도르가 피투성이가 된 채 쓰러져 있었다.

"아버지!"

미챠는 표도르의 상체를 잡고 흔들었다. 아무 반응이 없었다.
그는 허겁지겁 창문을 뛰어넘어 정원을 가로질러서 담 쪽으로
달렸다.

그 때 아내 마르파가 따라 준 약술을 마시고 곯아떨어졌던
그리고리가 잠에서 깨어났다. 그는 정원으로 통하는 작은
문을 잠그지 않은 것이 생각나 정원으로 나왔다. 그런데
무심코 바라보다가 주인의 방 창문이 열려 있는 것을
발견했다.

'여름도 아닌데 왜 창문을 열어 놓고 계시지?'

의아해하는 순간 인기척이 났다. 누군가 담 위로
기어올라가려고 발버둥을 치고 있었다. 그리고리는 허둥지둥
달려가 그의 발목을 붙잡았다.

"도둑이야!"

미챠는 절굿공이로 그리고리의 머리를 내리쳤다. 정신을 잃고
쓰러진 그리고리의 머리에서 피가 분수처럼 솟아올랐다.
미챠는 손수건을 꺼내 그리고리의 머리에서 쏟아지는 피를
닦아 내다가 담을 넘어 달아났다.

'도대체 내가 무슨 짓을 한 거지? 죽었다면 그 영감은 재수가 없어서 걸려든 것뿐이야!'

미챠는 중얼거리며 그루셴카의 집으로 갔다.

"그루셴카 마님은 지금 안 계십니다."

문지기가 알려 주었다.

"어디 갔는데?"

"두 시간 전에 모크로예 마을로 갔습니다."

"모크로예는 왜?"

"어떤 장교를 만나러 가신다던데요."

"누구랑 갔지?"

"그건 몰라요."

페냐와 할머니는 두려움에 떨며 그루셴카가 무샤로비치를 만나러 모크로예에 간 사실을 털어놓았다. 그리고 알료샤가 왔던 일, 알료샤가 돌아갈 때 그루셴카가, 한때 미챠를 진심으로 사랑했다는 말을 전해 달라고 했다는 말까지 모두 이야기했다.

페냐의 이야기를 들은 미챠는 빙그레 미소를 지었다.

"어머나, 근데 손에 웬 피가……."

페냐는 피 묻은 돈을 쥐고 있는 미챠의 손에서 눈을 떼지 못하며 벌벌 떨었다.

미챠는 허탈한 마음으로 권총을 맡겨 둔 페르호친의 전당포로
갔다.

"아니, 이게 어찌된 일이오? 무슨 일 있소?"

페르호친은 온통 피투성이가 된 미챠를 보고 깜짝 놀랐다.

"권총을 찾으러 왔소. 아무 일도 아니오. 어차피 내일이면
소문이 날 테니까. 아무튼 이제 그루셴카를 괴롭히지 않을
거요. 깨끗이 포기하겠소. 그루셴카도 한때 나를 사랑했다고
했어. 그러나 나는 그녀를 영원히 사랑한다는 걸 잊지 말아
주었으면 좋겠군."

미챠는 앞뒤도 없는 영문 모를 말을 지껄여 대고 있었다.

페르호친이 더욱 놀란 것은 미챠가 손에 돈을 한 뭉치 쥐고
나타난 것이었다. 이 세상에 피투성이 손에 돈을 들고 다니는
사람은 아무도 없다. 더구나 그런 모습으로 남의 집을
찾아오다니…….

미챠는 자랑이라도 하듯 돈을 내밀었다. 무지갯빛
100루블짜리였다.

"왜 이렇게 피투성이가 되었소? 어디서 넘어졌소? 거울 좀

보시오."

페르호친은 미챠를 거울 앞으로 데려갔다. 거울 속에 비친 자기 얼굴을 본 미챠는 깜짝 놀라며 뒷걸음질쳤다. 그는 손수건을 꺼냈다. 피가 말라붙어 손수건이 펼쳐지지 않았다.

"이런! 수건 좀 주시오. 얼굴을 닦아야겠어."

"다친 데는 없는 것 같군. 세수를 하는 게 어떻겠소?"

"그러지요. 그런데 돈을 어디다 두지?"

"주머니에 넣어 두시오."

"그게 좋겠군. 먼저 일을 끝냅시다. 내 권총 돌려주시오. 돈은 여기 있으니까."

미챠가 100루블짜리 한 장을 불쑥 내밀었다. 페르호친은 심부름하는 아이를 불러 상점에 가서 잔돈으로 바꿔 오라고 했다.

"얘야, 상점에 가거든 미챠 카라마조프가 안부 전하더라고 해라. 그리고 샴페인 세 상자와 치즈, 파이, 구운 생선, 햄, 물고기 알젓, 하여튼 그 집에 있는 것을 2백 루블 어치 챙겨서 마차에 실어 놓으라고 해라. 디저트도 잊지 말라고 해. 캔디와 수박, 초콜릿, 얼음사탕과 과일, 엿도 실으라고 해. 알았니?"

미챠는 돈을 바꾸러 가려는 아이에게 수선을 떨었다.

아이가 나가자 페르호친은 미챠에게 세수를 하라고 했다.

미챠는 허둥대느라 제대로 씻지도 못했다.

페르호친은 친절하게 비누칠을 해서 손과 얼굴을 씻겨 주고 피 묻은 셔츠 소매를 안으로 접어 넣어 주었다.

"대체 어디서 피를 묻혀 온 거요?"

"방금 어떤 노파를 밟아 죽였소."

"노파를 죽여요?"

"아니, 영감쟁이를 죽였지."

"노파라고 했다가 영감쟁이라고 했다가, 정말 누굴 죽였단 말이오. 샴페인은 세 상자나 어디 쓰려는 겁니까?"

"권총이나 주시오."

페르호친이 권총이 든 상자를 내주자 미챠는 상자를 열고 총알을 꺼내 유심히 들여다보았다.

"총알에 뭐가 묻기라도 했소?"

"머리를 날려 버릴 총알이 어떻게 생겼나 살펴보는 것도 흥미롭지 않소? 자, 쓸데없는 이야기는 집어치우고 종이나 좀 주시오."

페르호친이 종이를 내밀자 미챠는 펜을 잡고 두어 줄 쓰더니 접어서 조끼 주머니에 넣었다.

"설마 총으로 당신 머리를 박살내려는 건 아니겠지요?"
페르호친은 불안해하며 물었다.

"……"
미챠는 히죽 웃더니 밖으로 나갔다.

"큰일났군. 누구에게 알려야겠는데……."
페르호친은 미챠를 따라 가게까지 갔다. 그는 미챠가 물건을
사서 마차에 싣고 모크로예로 떠나는 것을 지켜보았다.

미챠는 이 세상을 하직하기 전에 마지막으로 그루셴카를 보고
싶었다. 미챠처럼 질투심이 강한 사람이 그루셴카의 첫사랑
남자에게 질투를 느끼지 않았다고 하면 아무도 곧이 듣지
않을 것이다. 그러나 그에겐 정말로 질투심도 원망하는
마음도 없었다.

'이 문제에 대해선 내가 말할 자격이 없어. 5년 동안 기다린
여자와 남자의 문제니까. 내가 양보해야지.'
미챠는 이런 생각을 하다가 내일 새벽까지 기다릴 것 없이
그냥 권총으로 모든 걸 끝내 버리고 싶은 충동을 느꼈다.
그러나 고개를 저으며 전속력으로 마차를 몰았다.
넓고 거친 들판에 흩어져 있는 건물들의 윤곽이 어렴풋이

보이기 시작했다. 사람들은 아직 잠에 빠져 있었다.

"달려라, 달려!"

미챠는 열병을 앓는 사람처럼 소리쳤다. 마차는 방울 소리를 요란하게 울리며 어느 여관 앞에 이르렀다.

"아이구, 드미트리 표도르비치님! 이렇게 다시 오시다니 정말 영광입니다."

문을 두드리자 여관 주인이 허리를 굽실거렸다. 미챠가 카테리나의 돈 3천 루블을 가지고 그루셴카와 함께 왔을 때 이 여관의 매상을 잔뜩 올려 주었었다. 주인에겐 더없이 고마운 손님이었다.

"그 동안 잘 있었나? 한 가지 물어보겠네. 그 여자는 어디 있는지 아나?"

"그루셴카 말씀인가요? 지금 여기 와 있긴 합니다만."

"악사를 부르고 마을 처녀들도 불러 와. 합창하는 대가로 2천 루블을 줄 테니까."

"네, 당장 깨워서 데려오겠습니다."

"전에 내가 여기서 쓴 돈이 얼마였는지 기억나나?"

"그럼요. 3천 루블 가까이 되었죠, 나리."

"그래. 오늘도 그렇게 놀 거야. 알겠어?"

미챠는 돈을 꺼내서 흔들어 보였다. 그리고 마차 의자 밑에 넣어 두었던 권총을 꺼냈다.

미챠는 여관 주인의 안내로 손님 방으로 들어갔다. 그곳에는 무샤로비치와 그와 함께 온 폴란드인, 그리고 칼가노프와 막시모프가 앉아 있었다.

"여러분, 날이 밝을 때까지 여러분과 함께 여기 있어도 될까요? 아침까지만 말입니다."

"이 방은 우리가 빌렸소. 여기 말고도 다른 방이 있을 겁니다." 무샤로비치가 퉁명스럽게 말했다.

"아니, 미챠 표도르비치 아니십니까? 자, 여기 앉으십시오." 칼가노프가 미챠를 알아보고 말했다.

"안녕하시오?"

막시모프도 아는 체를 했다.

"나는 이 세상에서의 마지막 밤을 이 방에서 보내고 싶어서 달려왔습니다. 전에 이 방에서 나의 여왕에게 뜨거운 사랑을 바친 적이 있거든요. 자, 우리 술 한 잔 합시다. 나의 여왕이 허락한다면 음악과 춤도……. 나의 마지막 밤을 축하하고 싶습니다."

미챠는 숨을 헐떡이며 중얼거렸다. 무샤로비치는 무슨

영문인지 몰라서 어리둥절한 표정이었다.

그루셴카가 조심스럽게 입을 열었다.

"여왕이라고 했나요? 미챠, 무슨 얘기를 하고 있는 거예요?
제발 우리를 위협하는 말은 하지 마세요. 당신이 우리를
위협하지 않는다면 나도 당신을 환영하겠어요."

"내가 위협한다고? 천만에! 나 같은 건 염려 말고 그냥 내버려
두세요."

미챠는 의자에 털썩 주저앉아 훌쩍훌쩍 울다가 다시 껄껄
웃어댔다.

다른 사람들은 영문을 알 수가 없었다.

"여러분, 마십시다!"

여관집 주인이 미챠가 가지고 온 술과 음식을 내오자 미챠가
소리쳤다. 막시모프와 칼가노프는 웃었으나, 폴란드인들은
얼굴을 찡그리고 있었다. 그들은 돈을 걸고 카드놀이를
하면서 속임수를 써서 계속 이기고 있던 중이었다.

미챠는 그루셴카의 옛 애인을 밖으로 불러냈다.

"돈이 필요하면 내가 주겠소. 3천 루블을 줄 테니 이대로
어디론가 사라지는 것이 어떻소? 지금 내게 7백 루블이 있소.
우선 이것을 받고 내일 읍내에서 만나 2천3백 루블을 더

주겠소."

"왜 이러시오? 그루셴카가 부자라니까 그녀에게서 돈을 더 받아 낼 수 있다고 생각하는 거요? 이건 모욕이오."

무샤로비치는 방으로 들어가더니 그루셴카에게 폴란드 말로 뭐라고 소리를 질렀다. 그러자 그루셴카가 말했다.

"러시아 말로 해요! 전에는 러시아 말을 잘 하더니 왜 갑자기 폴란드 말을 하는 거예요! 오 년 동안 다 잊어버렸나요?"

"아그랍피나!"

"나는 아그랍피나가 아니라 아그랍피나 그루셴카예요!"

"아그랍피나, 나는 지난날을 잊고 모든 걸 용서하려고 왔소. 오늘까지의 일을 모두 용서하려고 왔단 말이오!"

무샤로비치는 자존심이 상한 나머지 숨까지 헐떡이며 울분을 토했다.

"뭐라구요? 나를 용서하려고 왔다구요? 내가 뭘 잘못했는데 용서해요?"

"저 작자가 나에게 뭐라고 했는지 아시오? 3천 루블을 줄 테니어서 사라지라고 했단 말이오."

"내가 돈으로 사고 팔 수 있는 물건인가요?"

무샤로비치의 말에 그루셴카는 미챠를 노려보았다.

"무슨 소리요? 이 여자는 순결한 사람이오. 당신이 뭔데 이 여자를 모욕하는 거요?"

미챠는 시치미를 떼고 소리를 질렀다.

"내가 순결을 지킨 것은 삼소노프 영감이 무서워서가 아니라 이 사람 앞에 떳떳하게 서기 위해서였어요. 무샤로비치, 나는 당신을 만나면 '이 나쁜 녀석!' 하고 말해 주려고 했어요. 그런데 미챠, 이 사람이 돈을 거절했나요?"

"아니오. 받으려고 했소. 3천 루블을 한꺼번에 받으려다가 내가 지금 돈이 없으니 우선 7백 루블만 주고 내일 만나서 나머지를 준다고 하니까 당신이 부자라며 거절했소."

"알았어요. 내가 돈을 많이 벌었다는 소문을 듣고 찾아온 거예요."

"아그랍피나! 당신은 부끄러운 줄도 모르는 변덕쟁이가 되었군요."

무샤로비치가 억울하다는 듯 큰 소리로 외쳤다.

"아아, 저런 사람을 오 년 동안이나 울면서 기다렸다니! 내가 바보야."

그루셴카는 두 손으로 얼굴을 가리고 소파에 몸을 던졌다.

그 때였다. 밖에서 엿듣고 있던 여관 주인이 문을 열고

들어와서 무샤로비치에게 소리쳤다.

"당신은 사기꾼이야. 방석 밑에 카드를 감춰 놓고 속임수를 쓰는 걸 다 봤어."

"아, 창피해. 어쩌면 저렇게 타락한 인간이 되었을까!"

그루셴카가 소리치자 무샤로비치는 욕을 하면서 때리려고

달려들었다.

미챠는 무샤로비치를 번쩍 들어서 골방에다 던져 넣었다.

나머지 폴란드 사내들도 그 방으로 밀어 넣었다.

"문을 잠가요!"

"자기들이 안에서 잠가 버렸어요."

"잘 됐군요."

미챠와 그루셴카는 속이 후련해졌다.

마을 처녀들이 와서 노래를 부르고 술과 음식이 들어왔다.

막시모프는 흥이 나서 춤을 추었다.

그루셴카가 미챠에게 물었다.

"정말 나를 무샤로비치에게 양보하려고 했어요?"

"나는 당신이 행복하기를 바라는 사람이오."

"미챠, 내가 누구를 사랑하는지 이제 알았어요. 그런데 왜 그렇게 슬픈 얼굴을 하고 있어요? 우리 신나게 놀아요."

그루셴카가 권했지만 미챠는 머리가 터질 듯 아프고 어지러웠다. 베란다로 나간 그는 두 손으로 머리를 움켜쥐었다.

'자살을 하려고 했는데 지금은 사정이 달라졌어. 그 때는

그루셴카가 내게서 영원히 떠나려고 해서 살고 싶은 의욕이
없었어. 그러나 이젠 그녀가 누구를 사랑하는지 명확해졌어.
그런데 죽어야만 하다니, 이런 저주가 어디 있담. 하느님,
제발 그리고리를 살려 주소서!'

미챠는 간절한 마음으로 기도를 드렸다. 그런데 다시 방으로
들어오려고 일어서다가 걱정스러운 얼굴을 한 여관 주인과
마주쳤다.

"나를 찾고 있었나?"

"아닙니다. 제가 무엇 때문에 나리를 찾습니까?"

여관 주인은 당황하며 허둥지둥 미챠를 피했다.

미챠는 방으로 들어갔다. 그루셴카는 몹시 피곤해 보였다.

"미챠, 나를 아주 멀리 데려가 줘요."

"그래, 데려가고말고. 그러나 나는 도둑놈이오. 카테리나의
돈을 가로챘으니……."

미챠는 그리고리가 어떻게 되었는지 궁금해서 견딜 수가
없었다.

"갚아 주면 돼요. 우리 둘이 그 아가씨한테 가서 용서를
빕시다. 그리고 아주 멀리 떠나요. 당신이 시베리아에 가면
나도 따라가겠어요. 시베리아엔 눈이 많이 온다지요? 나는

마차를 타고 눈 위를 달리는 게 좋아요. 말방울 소리가 들리는
것 같아요."

그루셴카는 눈을 감았다. 정말 어디선가 말방울 소리가
들려왔다. 그녀는 꿈속에서 미챠와 말을 타고 눈 덮인
시베리아를 달렸다. 노래 소리가 멎고 말방울 소리도 멈추고
사방은 고요해졌다.

그루셴카는 눈을 떴다.

"어머, 내가 잠이 들었었나 봐요. 당신과 말방울을 울리면서
눈 덮인 시베리아를 달렸어요. 그런데 눈을 떠 보니 사랑하는
당신 곁에 있군요."

그 때 밖에서 누군가의 목소리가 들려왔다.

"미챠 표도르비치, 이리 나오시오!"

미챠는 밖으로 나갔다. 그곳에는 경찰서장, 검사보, 예심판사,
그리고 칼가노프와 여관 주인도 서 있었다.

"예비역 대위 드미트리 표도르비치 카라마조프, 당신이
아버지 표도르 파블로비치 카라마조프 씨의 살해 사건
용의자로 지목되었음을 통고하는 바입니다."

미챠는 그들이 무슨 얘기를 하고 있는지 도무지 알 수가
없었다.

미챠, 누명을 쓰다

미챠가 모크로예로 떠난 뒤, 페르호친은 아무래도 불안해서
견딜 수가 없었다. 그는 그루셴카의 집으로 갔다. 거기서
페나에게, 미챠가 절굿공이를 들고 나갔다가 한참 뒤에
피투성이가 되어 돌아왔다는 말을 들었다.
페르호친은 표도르의 집에 가서 무슨 사고가 났는지 살펴보고
경찰서에 가야겠다고 생각했다. 그러나 표도르의 집 대문은
굳게 닫혀 있어서 안으로 들어갈 수가 없었다.
'대체 그 돈이 어디서 났을까? 어쩌면 호흘라코바 부인에게서
빌렸는지도 모르지.'
페르호친은 밤이 늦었지만 호흘라코바 부인을 찾아갔다.

"저는 그 사람한테 돈을 준 적이 없어요."

호홀라코바 부인은 고개를 가로저었다.

"그랬군요. 헌데 왜 피투성이가 되어 돌아다녔을까요?"

"아, 그 사람이 기어이 자기 아버지를 죽였군요! 어서 가서
알아보세요! 그가 내게 왔을 때 어쩌면 나를 끔찍하게 죽일
생각이었는지도 몰라요. 아무 잘못도 없는 나한테 침까지
뱉고 갔으니까요."

호홀라코바 부인은 흥분해서 외쳤다.

페르호친은 사건 경위를 확실히 하기 위해 호홀라코바
부인에게서 미챠에게 돈을 준 사실이 없다는 각서를 받았다.
페르호친이 경찰서장을 찾아갔을 때, 예심판사와 공중 보건의
등 그 고장에서 지위가 높은 사람은 다 모여 있었다.
그들은 표도르 파블로비치 카라마조프가 자기 집에서
살해되고 돈까지 털렸다고 말했다.

그리고리가 미챠의 절굿공이에 맞아 정신을 잃고 쓰러졌을
때였다. 마르파가 잠에서 깨어 스메르쟈코프의 발작 소리를
듣고 남편을 불렀다. 그러나 대답이 없었다. 그녀는 남편을
부르며 정원으로 나갔다.

그 때 금방 숨이 끊어질 듯한 남편의 목소리가 들려왔다.

"마르파! 마르파!"

그리고리는 처음 쓰러졌던 곳에서 스무 걸음쯤 떨어진 곳까지 기어가 있었다.

"하느님, 맙소사! 이게 어찌 된 일이에요?"

"죽였어. 자기 아버질 죽였어. 어서 가서 사람을 불러 와."

마르파는 너무 무서워서 남편이 뭐라고 말하는지 알아듣지도 못했다.

"주인 나으리!"

마르파는 주인 방 창문이 열린 것을 보고 달려가 표도르를 불렀다. 아무 대답이 없었다. 마르파는 옆집으로 달려가서 정신없이 문을 두드렸다.

옆집 사람들이 와서 그리고리를 방으로 옮기고 응급 처치를 했다. 그 때 스메르쟈코프가 발작을 일으켰다. 입에 거품을 물고 손발을 부들부들 떨었다.

"주인님……, 주인님은……."

그리고리가 묻자 마르파는 옆집 사람들과 함께 안채로 들어갔다. 방문이 활짝 열려 있었다. 표도르는 방바닥에 쓰러져 있었다. 그들은 무서워서 방 안에는 들어가지도

못하고 경찰서에 신고했다.

경찰관들이 표도르의 집에 와서 현장검증을 시작했다.

표도르가 쓰러져 있던 방은 별로 어지럽힌 흔적은 없었다.

병풍 뒤에 있는 침대 옆에 두툼한 종이 봉투가 뜯어진 채

버려져 있었다.

봉투에는 '나의 천사 그루셴카에게 주는 선물. 만일 네가 여기

온다면'이라고 쓰여 있었고, 봉투를 묶었던 가느다란 장밋빛

리본도 떨어져 있었다.

페르호친은 초저녁에 미챠가 가지고 있던 권총과 피 묻은

손수건, 그리고 돈 이야기를 했다. 또 그가 내일 새벽에

자살을 할지도 모른다고 한 말도 덧붙였다.

"악한들은 어차피 내일 죽을 테니까 오늘 실컷 놀아보자는

생각을 하지요."

"그 자가 자살하기 전에 체포합시다."

관에서 나온 사람들은 모크로예로 출발하기로 하고 경찰관을

미리 보내어 그 마을 촌장, 구장 등을 미리 소집해 두라고

했다. 그런 다음 미챠가 묵고 있는 여관 주인에게 알려서

일행이 도착할 때까지 잘 감시하라고 했다.

공중 보건의는 다음날 아침 피해자의 시체를 부검하기 위해 표도르의 집에 남았다. 스메르쟈코프를 진찰한 그는 고개를 저었다.

"발작을 일으킨 지 이틀이나 된 것 같습니다. 이렇게 오래 발작하는 간질 환자는 처음 보네요. 내일쯤 죽을지도 모르겠습니다."

경찰서장 일행은 오전 4시를 지나 동이 틀 무렵 모크로예에 도착했다.

미챠는 처음에는 그들이 무슨 말을 하는지 알아듣지 못했다.

"나는 죄가 없어요! 아버지를 죽이고 싶다는 생각을 한 적은 있지만 정말로 죽이지는 않았어요."

상황을 파악한 미챠는 갑자기 벌떡 일어서서 두 팔을 높이 흔들며 고래고래 소리를 질렀다.

"이 사람은 그렇게 무서운 마음을 먹을 사람이 아니에요. 나 때문이에요. 모든 죄는 내게 있어요!"

그루셴카가 거들고 나서자 경찰서장이 호통을 쳤다.

"물론 그렇지. 이 요사스럽고 방탕한 계집아! 너야말로 가장 큰 죄인이다!"

분위기가 험악해졌다. 그 때 검사가 말렸다.

"한 우물만 팝시다. 그런 일까지 트집 잡기 시작하면 사건이 뒤죽박죽되고 말아요."

"이 사람이 그런 무서운 죄를 저질렀다면 저도 같이 재판을 받게 해 줘요. 사형이라도 달게 받겠어요."

"그루셴카, 당신은 나의 생명이야."

미챠는 그루셴카를 꼭 껴안았다.

검사가 미챠를 심문하기 시작했다.

"나는 절대로 아버지를 죽이지 않았습니다. 죄 없는 노인 그리고리를 죽인 것에 대해서는 벌을 받겠어요. 그러나 내가 죽이지도 않은 아버지의 피살까지 책임을 지라니, 이건 너무 억울합니다!"

"그리고리는 죽지 않았소."

"정말입니까? 고맙습니다. 나는 그가 죽은 줄 알고 오늘 아침 다섯 시에 자살할 생각이었지요. 그렇다면 이제 난 안 죽어도 되겠군요."

미챠는 기뻐서 소리쳤다. 그러나 검사는 미챠의 말을 믿지 않았다.

"정말 아버지를 살해하지도 않았고 돈을 훔치지도 않았다면,
그 피 묻은 돈은 어디서 났지? 돈이 없어서 페르호친에게
권총을 맡기고 10루블을 빌렸었는데, 조금 뒤에는 많은 돈을
가지고 있었다면서?"

미챠가 돈을 빌리러 다닌 건 읍내 사람들이 다 아는
사실이었다. 그러던 그가 갑자기 피범벅이 된 손으로 돈을 한
뭉치나 가지고 와서 물 쓰듯 썼으니 의심을 받지 않을 수
없었다.

"그건 내 돈입니다. 내가 늘 목에 걸고 다니던 돈이지요."

"돈을 목에다 걸고 다녀?"

"그렇소. 카테리나가 자기 언니에게 부쳐 달라고 맡긴
돈이오."

"그건 이미 다 써 버렸잖아. 그 때 여기 와서 3천 루블이나
뿌리고 다닌 것을 읍내 사람들이 다 알고 있어."

"그 때 내가 쓴 돈이 얼마인지 누가 세어 보았나요? 나는
허풍을 떤 겁니다. 그리고 절반은 여기 오기 전에 주머니에
넣고 실로 꿰맨 다음 줄을 달아 목에다 걸고 다녔어요."

"왜 그랬나?"

"언젠가 3천 루블을 채워서 카테리나에게 돌려 주려고요.

난 비록 남의 돈을 쓰긴 했지만 도둑놈은 아니에요."

미챠의 진술은 계속되었다. 그러나 장황하기만 했지 요점은
없었다. 이를테면 삼소노프 노인에게 감쪽같이 속아 넘어간
일이며, 랴가브이를 찾아갔다가 허탕친 일, 그루셴카에 대한
사랑의 감정 등을 열을 올리며 토로했다.

"그루셴카네 부엌에서 절굿공이를 들고 나갔지? 왜 들고
나갔나?"

"그냥 들고 나갔을 뿐입니다. 아무 생각 없었습니다."

"무슨 목적이 있었을 거 아냐?"

"아버지 표도르 파블로비치의 머리를 쪼개려고 들고 나갔다고
하면 속이 시원하겠습니까?"

미챠가 격분해서 이렇게 말하자 검사는 잠시 움찔했다.

미챠는 몸수색을 위해 사람들 앞에서 옷을 벗어야 했다.
검사와 경찰들은 미챠의 셔츠 소매 자락과 손수건을 넣었던
주머니 안쪽에서 흠뻑 묻은 피를 발견했다. 혹시 돈을 숨겨
두지 않았나 하고 옷과 양말과 모자의 솔기까지 꼼꼼하게
살폈다.

그들은 미챠의 옷을 증거물로 압수했다. 칼가노프가 입을
옷을 빌려 주었다.

검사는 심문 결과를 꼼꼼히 적은 예심 조서를 미챠에게 읽어
보고 서명하라고 했다.

'피고는 범죄 혐의는 인정하지 않으면서 자기가 무죄라는
증거는 아무것도 제시하지 못하였음. 증인이나 모든 정황이
범죄를 입증하고 있으므로 형법에 의하여 다음과 같은 결정을
내림. 피고가 사건 심리나 재판을 회피할 우려가 있으므로
교도소에 구금하고, 동시에 이를 본인에게 통고함.'

예심 조서에 서명을 하자 검사는 판결문을 낭독했다. 결국
미챠는 살인 피의자로 교도소에 갇히게 되었다.

"여러분, 우리 모두는 잔인합니다. 그 중에서도 특히 내가 더
그렇습니다. 나는 날마다 나쁜 짓을 하며 살았습니다.
나 같은 인간은 더 이상 나쁜 짓을 할 수 없도록 밧줄로 꽁꽁
묶어 놓아야합니다. 그러나 마지막으로 한 말씀만
드리겠습니다. 나는 아버지를 살해하지 않았습니다. 내가
벌을 받는 것은 아버지를 죽였기 때문이 아니라 아버지를
죽이고 싶어했다는 그 마음 때문입니다. 하마터면 아버지를
죽일 뻔한 적도 있지만, 나는 당신들과 싸울 것입니다. 내가
심문 받을 때 여러분들에게 고분고분하지 않았다고 너무
화내지 마십시오. 미챠 드미트리 카라마조프는 아직 자유로운
인간으로서 여러분에게 작별의 악수를 청합니다."

미챠는 사람들에게 손을 내밀었다. 그러나 그의 악수를 받아
주는 사람은 아무도 없었다.

"그루셴카, 날 용서해 주시오. 내 사랑이 당신까지 파멸로
이끌었군요. 누가 죄인이고 누구에게 죄가 없다는 건가요?
대체 어떤 사람이 죄 없는 인간이란 말입니까!"

미챠는 그루셴카에게 작별 인사를 했다

고민하는 이반

알료샤는 그루셴카를 만나러 갔다. 그녀는 미챠가 구속되던 날 충격으로 자리에 눕고 말았다. 무려 일주일 동안 혼수 상태에 빠져 아무것도 할 수 없을 정도였다. 아직도 안색이 몹시 수척해 보였다.

"오셨군요! 알료샤, 난 걱정이 되어 죽겠어요. 나 혼자만 애를 태우고 있는 건가요? 당신도 걱정하고 계시죠? 내일이 공판 날이에요. 아아, 하느님! 그이는 스메르쟈코프 대신 재판을 받습니다! 검찰은 어째서 스메르쟈코프를 한 번도 조사하지 않을까요?"

그루셴카는 알료샤에게 하소연했다.

"스메르쟈코프도 조사를 받았습니다만, 검찰에서 범인이
아니라는 결론을 내렸지요. 그 사람은 그 시간에 간질 발작을
일으켜 제 정신이 아니었다는 거예요."

"아아, 어쩌면 좋아요! 변호사는 어떻게 되었어요?"

"페테르부르크의 변호사에게 3천 루블을 주기로 하고 불러
왔어요. 비용은 이반 형님과 나, 그리고 카테리나 아가씨가
냈어요. 모스크바에서 불러 온 의사 비용은 카테리나
아가씨가 혼자 내기로 했고요."

"카테리나는 왜 의사까지 불렀죠?"

"아마도 미챠 형님이 정신 이상 상태에서 범행을 저질렀다고
하려나 봐요."

"그런 식으로 미챠를 범인으로 단정짓다니! 만일 범행을
저질렀다면 정신 이상이 맞을 거예요. 하지만 미챠는
아니에요. 절대로 죽이지 않았어요."

"그러나 미챠 형에겐 불리한 증거뿐입니다. '나는 아무도
죽이지 않았지만, 그래도 시베리아에 가지 않으면 안 된다!'
하면서 울다가 성호를 긋곤 해요."

"그게 무슨 뜻이죠?"

"라키친이 형님에게 영향을 미친 모양이에요. 요즘 종종

면회를 온다고 하더니……."

"누군가 영향을 미친다면 라키친이 아니라 이반 형이겠지요.
그가 감옥에 찾아가고 있으니까요."

"이반이 찾아가요? 미챠는 이반이 한 번도 찾아오지 않았다고
했는데…."

"참, 그 말은 하지 말라고 했는데 그만 하고 말았군요. 이렇게
되었으니 할 수 없네요. 이반은 모스크바에서 돌아오자마자
미챠에게 갔고, 두 번째 간 건 일주일 전이에요. 그리고
미챠에게 자기가 다녀간 걸 알료샤에겐 비밀로 하라고
했대요."

"왜 그랬을까요?"

"내 생각에 그 세 사람이 무슨 음모를 꾸미고 있는 것 같아요.
미챠, 이반, 카테리나 셋이서 말이죠. 알료샤, 그들한테 무슨
비밀이 있는지 좀 알아봐 줘요."

그루셴카는 슬프게 울기 시작했다.

"내가 확실하게 말할 수 있는 것은 형이 당신을 사랑한다는
것입니다. 만일 형이 중요한 말을 하면 꼭 당신에게 전해
드릴게요."

알료샤는 어깨를 들썩이며 울고 있는 그루셴카의 손을 잡아

주고 밖으로 나왔다.

알료샤가 형을 만나러 간 것은 꽤 늦은 시각이었다. 알료샤는
미챠의 방으로 들어가다가 마침 안에서 나오던 라키친과
정면으로 마주쳤다.

미챠는 그 안에서 무슨 일이 있었는지, 라키친을 배웅하면서
배꼽이 빠지게 웃고 있었다. 라키친은 알료샤를 쳐다보지도
않고 나갔다.

"저 녀석은 나를 보잘것없는 인간으로 알거든. 조금만 농담을
해도 기를 쓰고 덤비지. 그나저나 알료샤, 이제 내 머리도
끝장났나 보다."

"내일이 공판 날이라고 하시는 얘긴가요?"

"내 머리가 끝장났다는 것은 머리에 든 알맹이가 없어졌다는
얘기야."

"그게 무슨 말씀인데요?"

"사상과 윤리. 대체 윤리가 뭐냐?"

"윤리요? 솔직히 말씀드리면 저는 그런 것 몰라요."

"라키친은 알고 있어. 녀석은 별 이상한 걸 다 알지. 녀석은
내 사건에 관한 논문을 써서 평론계에 진출하려고 한다고

제 입으로 그러더라. '그는 아버지를 죽이지 않을 수 없었다.
자신의 환경과 사회가 그의 범죄를 부채질했다.' 이런 말로
사회적인 색깔을 입히겠다나? 나는 이렇게 말해 줬지.
'카라마조프네 인간들은 철학자들이다. 진짜 러시아 사람들은
모두 철학자다. 그런데 너 같은 인간은 공부는 했지만
철학자가 아니라 농사꾼이다.' 그랬더니 녀석이 몹시 화를
내더군."

미챠는 껄껄 웃으며 이야기를 계속했다. 그는 감옥살이를
하는 두 달 동안 자신의 몸과 마음 안에서 새로운 한 인간이
태어났다고 했다.

그 인간은 여태 그의 속에 갇혀 있었는데, 이번 일이 없었다면
영원히 나타나지 않았을지도 모른다고 말했다.

미챠는 시베리아의 광산에 끌려가서 20년 동안 땅을 파야 할
앞날이 아니라, 새로 태어난 인간이 사라질까 봐 두렵다고
말했다. 미챠는 광산의 갱도 안에 있는 죄수들에게서 인간의
진실을 발견하며 얼마든지 함께 어울릴 수 있다고 들뜬
목소리로 중얼거렸다.

죄수들 속에서 얼어붙은 마음을 일깨울 수 있고 천사를 낳고
영웅을 낳을 수도 있다는 것이었다.

"나는 모든 사람을 위해서 그곳에 간다. 누구든 한 사람쯤은
남을 위해서 자신을 버려야 한다. 나는 아버지를 죽이지
않았지만 역시 가야 해. 그게 내 운명이거든. 땅 속에는
쇠망치를 든 몇백 명의 인간이 있다. 쇠사슬에 묶여 자유를
잃은 사람들도 있지. 나는 그 커다란 고통 속에서 환희로운
인간으로 태어날 거야. 인간은 환희가 없으면 살아 남지 못해.
그래서 하느님도 있을 거야. 아아, 인간이여! 지하의 인간들은
대지의 깊은 바닥에서 하느님께 송가를 부른다! 유배 온
죄수는 하느님 없이 살아갈 수 없어! 하느님께 영광 있으라!
나는 하느님을 사랑한다! 그런데 이반은⋯⋯."
미챠는 갑자기 눈물을 흘리면서 숨을 헐떡였다.
"이반 형님은 어떻게 된 거예요?"
알료사가 망설이다가 물었다.
"이반은 나에게 탈주하라고 하더라. 미국까지 가는 비용은
제가 내겠다면서 말야. 이 말은 너에게는 하지 말라고
신신당부했는데⋯⋯. 그건 네가 내 양심이 되어 앞을
가로막을까 봐 그러겠지. 알료샤, 하느님 앞에 나간 셈치고
묻는데, 너는 내가 아버지를 죽였다고 생각하니? 정직하게
말해 다오."

미챠는 미친 듯이 울부짖었다.

"진짜 범인은 따로 있어요. 나는 한 순간도 형님이 범인이라고
생각한 적 없어요."

알료샤는 떨리는 목소리로 대답했다.

"고맙다, 알료샤. 이제 너를 믿는다. 그만 돌아가거라. 그리고
이반을 사랑해 주어라!"

미챠의 얼굴에는 미소가 번졌다.

알료샤는 눈물을 글썽이며 밖으로 나왔다.

'이반 형을 만나야겠어.'

알료샤는 이반의 하숙집으로 가는 길에 카테리나의 집 앞에서
그를 만났다. 그는 몹시 언짢은 표정이었다. 집 안에서
내다보고 있던 카테리나가 그들을 불렀다.

"두 분 다 이리 들어오세요!"

이반은 망설이다가 알료샤와 함께 카테리나의 집으로
들어갔다.

"알료샤, 그이를 만나고 왔어요? 건강은 괜찮던가요? 무슨
말을 하던가요?"

"법정에서 두 분이 처음 만났을 때의 일은 말하지 말아 달라고

하더군요."

"내가 돈 때문에 땅바닥에 엎드려 머리를 조아린 일 말인가요? 그건 누구를 위한 거죠? 미챠를 위해선가요? 아니면 나를 위해선가요? 알료샤, 당신은 내일 증인 심문이 끝나면 나를 죽이고 싶어할지도 몰라요."

카테리나는 차가운 목소리로 말했다.

"정직하게 진술해 주시리라 믿습니다. 그것 외에 더 바라는 건 없습니다."

"정말로 그 사람이 죽였을까요?"

카테리나가 이반에게 물었다. 수십 번이나 던진 질문이었다. 이반은 이제 진저리가 났다.

"난 스메르쟈코프에게 다녀왔지요. 당신이 그 사람을 아비 죽인 놈이라고 했다고 하기에……."

"그만둬요. 이제 됐어요."

카테리나의 말에 이반은 빙그레 웃으며 일어났다. 알료샤도 일어섰다.

"알료샤, 저 여자는 오늘 밤에 기도를 할 거다. 내일 법정에서 어떻게 진술해야 할지 가르쳐 달라고 말이다. 형을 구해 줄 것인가, 아니면 영원히 파멸시켜 버릴 것인가 하는 열쇠를

쥐고 있거든."

"그게 무슨 말씀입니까?"

"카테리나는 형이 아버지를 죽였다는 걸 증명할 수 있는
결정적인 편지를 가지고 있어. 미챠가 직접 쓴 편지야.
'아버지를 죽여서라도 당신의 3천 루블을 갚아 주겠소.' 뭐
그런 내용인 것 같아."

"그럴 리 없어요."

"내 눈으로 그 편지를 똑똑히 봤어."

"하지만 미챠 형은 범인이 아니에요."

"그럼 누가 범인이라고 생각하니?"

"그건 형도 아시잖아요?"

알료샤는 나지막하지만 자신에 찬 소리로 말했다.

"그 미치광이 바보 스메르쟈코프?"

"형은 지난 두 달 동안 혼자서 중얼거렸잖아요. '내가
살인자야. 내 잘못이야' 하고 말예요."

"내가 언제 그랬다는 거야? 난 그런 적 없어."

이반은 불안한 표정을 지으며 펄쩍 뛰었다.

"형은 여러 번 그렇게 말했어요. 하지만 형은 아니에요. 내
말을 믿어 주세요. 하느님께서 이 말을 전하라고 나를 형에게

보내신 거예요."

"너 우리 집에 와 있었구나. 정직하게 말해 봐. 그 놈이 오던
날 우리 집에 왔지? 너도 그 놈을 봤지?"

이반은 뭔가 짚이는 데가 있는 듯 눈을 반짝이며 알료샤의
어깨를 잡고 흔들었다.

"그 놈이 누군데요? 미챠 형님 말인가요?"

"아냐! 그 얘기는 집어치워! 정말로 '그 놈'을 모른단 말이니?
넌 그 놈을 본 거야. 알료샤, 나는 예언자와 간질병자를 제일
싫어해. 특히 신의 사자니 뭐니 하고 떠들어 대는 놈들은 딱
질색이야. 지금부터 나는 너와 인연을 끊겠다. 다시는
찾아오지 마."

이반은 횡설수설하다가 손을 내저으며 휘청휘청 걸어갔다.

"형, 무슨 일 있으면 제일 먼저 저를 생각해 주세요."

알료샤가 소리쳤으나 이반은 아무 말도 하지 않고 어둠
속으로 사라져 버렸다.

이반은 하숙집으로 돌아왔다가 다시 스메르쟈코프를
찾아갔다. 그가 모스크바에서 돌아온 후 스메르쟈코프를
만나러 간 것은 이번이 세 번째였다.

처음에는 병원으로 스메르쟈코프를 찾아갔었다.

그는 얼굴이 누렇게 떠 있었다.

이반이 병실에 들어서자 그가 침대에서 일어났다.

"이야기 좀 할 수 있는가?"

"그럼요."

스메르쟈코프는 한숨을 쉬었다.

"한숨은 왜 쉬는가? 자넨 이렇게 될 줄 알고 있었잖아?"

"알기는요……. 이렇게 될 줄 모른 건 저뿐이죠."

"속일 걸 속여. 넌 지하실 계단을 내려가다가
간질을 일으켜 쓰러질 거라고 예언했었어."

"증인 심문 때 그 말씀 하셨어요?"

"아직은……. 그러나 하게 될 거야. 넌 나에게
해명해야 할 게 많아. 거짓말은 용서하지 않겠다."

"전 도련님을 하늘같이 의지하고 있어요."

"넌 간질 발작을 일으킬 때마다 거품을 물며
뒤로만 넘어졌어. 일부러 그러는 거지?"

"병에 대해선 의사 선생님께 물어보세요."

"지하실에서 발작할 거란 건 어떻게 알았지?"

"거긴 제가 매일 드나드는 곳이고 거기서 발작이 일어나면 어떻게 하나 하는 강박관념이 있었으니까요."

"그런 것까지 진술했니?"

"전 뭐든 사실대로 이야기합니다. 죄 지은 게 없으니까요."

"넌 간질 발작 흉내를 낼 수 있다고 자랑한 적이 있지. 그 말도
했어?"

"아닙니다."

"그 때 왜 나더러 체르마쉬냐에 가라고 했니?"

"모스크바보다 가까우니까요."

"거짓말 마. 넌 나를 달아나게 하려 했던 거야."

"전 도련님이 다 짐작하고 계신 줄 알았죠."

"아버지가 이렇게 될 줄 짐작했으면 내가 떠났겠어?"

"전 도련님이 재난을 예감하고 떠나시는 줄 알았는데,
아니었어요?"

"난 네가 더러운 일을 저지를 놈이라는 건 짐작했어. 그 때 네
놈이 마차 옆에 다가와서 '영리한 사람은 잠깐만 얘기하면
통한다'고 했지? 넌 내가 출발하는 걸 속으로 기뻐하고
있었어. 그렇지?"

"제가 기뻐한 것은 도련님이 체르마쉬냐에 가기로 한 것
때문이었죠. 모스크바보다 훨씬 가까운 곳이니까요. 그리고

그 말은 칭찬이 아니라 책망한 것이었어요. 닥쳐올 불행을 짐작하면서도 아버지를 버리고 떠나려 했기 때문이죠. 미챠 도련님이 아니었으면 제가 삼 천 루블을 훔친 도둑으로 의심받을 뻔했어요."

"우리 형님은 절대로 돈을 훔치는 사람이 아냐."

"도련님은 저에게 죄를 뒤집어 씌우려고 하지만, 정말 제가 죽일 생각이었다면 도련님에게 간질 흉내를 잘 낸다고 말할 까닭이 없지요."

"알았다. 간질 얘기는 아무에게도 하지 않겠다."

"그럼 저도 도련님과 한 이야기를 아무에게도 하지 않겠습니다."

이반은 스메르쟈코프의 병실을 나왔다.

두 번째 방문은 스메르쟈코프가 퇴원 뒤에 어느 오두막집으로 거처를 옮겼을 때였다.

스메르쟈코프는 안경을 끼고 의자에 앉아 수첩에다 뭘 적고 있었다. 이반은 그가 안경을 쓴다는 것을 처음 알았다.

이 하찮은 사실이 이반의 화를 돋우었다.

"병원에서 만났을 때, 왜 그런 말을 했지? 예심 판사에게 간질 흉내 얘기를 안 하면 너도 입을 꼭 다물고 있겠다는 말이야.

그게 무슨 뜻이냐? 말해! 내가 너하고 한 패거리라도

된다는 말이냐?”

이반은 험악한 표정을 지었다.

“그 때 저는 ‘도련님이 아버지가 누군가에게 살해되리라는

것을 알면서도 여행을 떠나고 말았으니까, 이 사실을 알면

사람들이 비난할 것이다.’ 라고 생각해서 그런 말을 했을

뿐입니다. 그게 전부예요.”

스메르쟈코프의 눈빛이 번들거렸다. 하지만 그는

몹시 불안해 보였다.

“내가 살인이 날 걸 알고 있었다고?”

“도련님은 마음 속으로 아버지가 살해되기를

‘바라고’ 계셨다는 것이죠.”

“닥쳐! 듣기만 해도 울화통이 터지니까! 그러니까

네놈은 그 때 내가 미챠 형과 한패가 되어

아버지를 죽이려 하고 있다고 생각했단 말이지?”

이반은 참을 수가 없었다. 벌떡 일어나 주먹으로

스메르쟈코프의 어깨를 힘껏 내리쳤다.

스메르쟈코프는 비틀거리며 벽 쪽으로 가 기대더니 눈물을

주르륵 흘렸다. 더러운 손수건을 꺼내 눈을 가리고
훌쩍거렸다.

"전 그 때 도련님이 아버님이 돌아가시기를 바라는지 시험해
본 겁니다."

이반은 스메르쟈코프의 말에 소름이 끼쳤다.

"네가 아버지를 죽였지?"

"저는 사람을 죽이거나 위험에 빠뜨릴 만한 위인이 못 된다는
걸 아시지 않습니까?"

스메르쟈코프는 빙그레 웃었다.

"그럼 나에 대해서는 어떻게 생각하나?"

"이반 도련님은 도저히 살인을 할 수 없는 분이지요. 하지만
누군가가 도련님을 대신해서 주인님을 죽여 주었으면 하고
바라고 계신다는 것은 알지요."

"근거가 뭐냐?"

"유산이죠. 주인님이 그루셴카와 결혼하시면 그 돈은 모두
그녀의 것이 되지만, 주인님이 죽으면 아드님들에게 사 만
루블씩 돌아가지요. 그런데 그 중 누군가 살인범이면 그에게
갈 돈도 나머지 두 사람에게 돌아가니까, 육 만 루블씩이
되죠. 도련님이 미챠님에게 기대를 걸고 계시다는 걸

알아차리는 건 어렵잖은 일이죠."

"이 악당아! 내가 누군가에게 기대를 걸었다면 그건 바로 너지 미챠 형은 아냐! 난 네가 더러운 짓을 저지르지 않을까, 늘 경계했단 말이다."

"저도 도련님이 제게 그만한 기대를 걸고 있다는 생각은 했지요. 그래서 도련님이 제게 속마음을 들키신 거죠. 말하자면 '네가 우리 아버지를 죽여도 아무런 상관없다. 나는 방해하지 않겠다.' 이런 마음으로 여행을 떠나신 거 아닌가요?"

"아니, 이 악당놈이!"

이반은 이를 부드득 갈며 소리쳤다.

"그렇지 않습니까? 그 분의 아드님으로서 그런 소리를 들으셨다면 당연히 제 뺨을 후려갈기거나, 당장 멱살을 끌고 경찰서에 가야지요. 그런데 유감스럽게도 도련님은 여행을 떠나셨습니다."

"네 따귀를 때리지 못한 것이 후회스럽다. 내가 미처 그 생각을 못했구나. 그런데 프랑 스어 공부는 왜 하니?"

이반은 스메르쟈코프의 책상 위에 펼쳐져 있는 공책을 가리켰다.

"저라고 프랑스 어 배우지 말라는 법 있습니까? 저도 언젠가 유럽에 갈 기회가 있을지도 모르잖아요."

"이 나쁜 놈! 너의 협박쯤은 조금도 두렵지 않아. 그러니까 네 맘대로 하려무나. 나는 꼭 네 놈의 죄를 낱낱이 밝혀서 껍데기를 벗기고 말 테다."

이반은 분해서 부들부들 떨며 스메르쟈코프의 집을 나와 카테리나에게 갔다.

이반은 의자에 털썩 주저앉아 두 손으로 머리를 감쌌다.

"만일 미챠가 죽이지 않았으면 나와 스메르쟈코프는 공범입니다. 내가 그 놈에게 죽이라고 한 셈이니까요. 정말로 내가 그 놈에게 살인을 하도록 만든 걸까요? 아무튼 범인은 나와 그 놈이지, 미챠 형이 아닙니다."

"이반, 당신도 아니에요."

카테리나는 서류함에서 편지 한 장을 꺼내 보여 주었다.

그 편지는 미챠가 카테리나에게 쓴 것이었다.

'카테리나. 내일 당신에게 3천 루블을 갚겠소. 아버지에게 가서 그 베개 밑에 있는 돈을 빼앗아서라도 반드시 갚겠소.

그 일 때문에 징역을 간다 해도 3천 루블은 꼭 갚고 가겠소.

나는 다른 여자를 사랑하고 있으니 잊어 주시오.'

이 편지를 보면 분명히 미챠가 범인이었다. 그리고 이반과
스메르쟈코프 는 공범이 아닌 셈이었다. 그 때부터 이반은
스메르쟈코프를 저주하지 않았다. 그러나 그 뒤 그가 중병을
앓고 있다는 소문을 들었다.

이반은 재판 열흘 전에 미챠를 찾아가 탈옥 이야기를 꺼냈다.
미챠를 탈옥시킴으로써 그에게 죄를 덮어 씌우는 것이 편했던
것이다. 그렇게 되면 아버지의 유산을 알료샤와 둘이 육 만
루블씩 가질 수 있으니까.

이반은 형을 탈옥시키는 데 자신의 몫 중 삼 만 루블을 쓸
각오를 했다. 그러나 이반은 한 달 동안 양심의 고통에
시달렸다.

스메르쟈코프를 마지막으로 만난 것은 공판 전날이었다.
문득 카테리나의 말이 떠올랐다. 그녀가 스메르쟈코프를
만나고 왔다고 했는데, 그 놈이 뭐라고 했을까?

주인의 안내를 받아 방으로 들어가니 스메르쟈코프는 화사한
잠옷을 입고 침대에 걸터앉아 있었다. 그는 얼굴이 누렇게
떴고 푹 꺼진 눈 아래쪽이 시커멓게 그늘져 있었다.

"너 많이 아픈 모양이구나."

"도련님도 안색이 안 좋으시네요."

"내 말 잘 듣고 대답해. 네 대답을 듣기 전에는 절대로
돌아가지 않을 테니까."

"내일 재판 때문에 그러세요? 걱정 마세요. 도련님에겐 아무
일 없을 테니까."

"무슨 말인지 못 알아듣겠구나."

스메르쟈코프는 경멸에 찬 냉정한 목소리로 말했다.

"못 알아듣겠다고요? 현명한 양반께서 빤히 들여다보이는
연극을 하시다니……."

"뭐야? 이 독사 같은 놈아! 숨김없이 말해."

이반은 스메르쟈코프의 어깨를 쥐고 흔들었다. 그러자
스메르쟈코프는 증오에 가득 찬 눈으로 이반을 쏘아보며
빠르게 말했다.

"그럼 말하지요. 정말로 주인 어른을 죽인 건 이반
도련님입니다. 전 도련님 앞잡이일 뿐이지요."

"네가… 아버지를… 죽였구나."

이반은 온몸에 찬물을 뒤집어 쓴 기분이었다. 이반은 다리가
후들거려 간신히 뒤로 물러났다.

"여태 몰랐단 말입니까? 마치 경찰이나 된 듯 설쳐대며 파고
들더니……."

스메르쟈코프는 바지를 올리더니 양말 속으로 손을
집어넣었다. 이반은 극심한 공포를 느끼며 그가 하는 짓을
지켜보았다.

스메르쟈코프는 양말 속에서 돈뭉치를 꺼냈다. 무지갯빛
100루블짜리 지폐 세 뭉치였다.

"나는 형님인 줄 알았는데……. 형님! 아아…… 형님!"
이반은 하얗게 질린 채 의자에 털썩 주저앉았다.

"저는 도련님이 떠나신 후 지하실에 떨어졌지요. 물론 굴러
떨어진 건 아니에요. 천천히 계단을 걸어 내려가 바닥에 누워
큰 소리로 신음하기 시작했죠. 들것에 실려 나와 그리고리의
옆방 침대에 뉘어질 때까지 계속 발작을 하며 신음했지요.
그러면서 미챠 님이 오기를 기다렸어요. 마침내 미챠 님이
왔다가 달아나면서 그리고리를 때리는 소리가 들리더군요.
난 안채로 들어가 주인님 방문 앞에서 그루셴카가 왔다는
신호를 보냈지요. 방문을 열어 주시더군요. 그 분을 죽인 뒤
돈을 훔쳐서 감춰 두고 다시 침대로 돌아와 더 크게 신음
소리를 냈죠. 그 소리에 마르파가 일어나 사람을 부르고…….
이렇게 된 겁니다."

"그리고리는 아버지 방문이 열려 있었다고 했는데?"

"착각이었죠. 그 영감은 자기 스스로 한번 그렇다고 믿으면 하늘이 무너져도 그런 줄 아니까요. 자, 이 돈은 도련님 겁니다."

"이 벌레 같은 놈! 내가 지금 널 죽이지 않는 건 내일 재판 때 너를 증인으로 끌어내기 위해서야. 그리고 이 돈은 내일 법정에서 보여 줄 테다. 내일 두고 보자."

이반은 큰소리를 치며 스메르쟈코프의 방에서 나왔다.

이반은 집으로 돌아오면서 이대로 경찰서장을 찾아가서 스메르쟈코프를 고발할까 생각했다. 그러나 내일 재판정에서 폭로하는 것이 낫겠다 싶어 마음을 고쳐먹고 집으로 갔다.

뜻밖에도 신사 한 분이 기다리고 있었다.

이반은 그 손님이 누군지 물어보지도 않고 밤새 그와 이야기를 나누었다.

그러는 동안 이반은 내내 '이 친구가 악마인지, 아니면 내 영혼인지 알 수가 없군.' 하는 생각에 젖어 있었다. 신사는 이반이 알료샤에게 만난 적이 있느냐고 물었던 바로 '그 놈'이었다.

그는 아직까지 정체가 드러나지 않았지만, 이반과 함께 양심과 종교, 사회에 관해 토론하기를 즐겼다.

"이번 사건의 진짜 범인은 누구지?"

그 놈은 이렇게 이기죽거리고는 사라져 버렸다. 이반은 그 날 밤 지독한 악몽에 시달렸다.

이반은 자신이 섬망증(의식 장애로 헛것이 보이고 헛소리가 들리는 정신병의 하나)에 시달리고 있다는 사실을 모르고 있었다.

이튿날 아침, 알료샤가 와서 문을 두드렸다.

"다시는 너를 안 만나겠다고 했는데, 왜 왔니?"

이반은 냉랭한 목소리로 말했다.

"형님! 스메르쟈코프……, 스메르쟈코프가……."

"그 놈이 또 무슨 일을 저질렀니?"

"자살했습니다."

"난 그 녀석이 자살할 줄 알고 있었어."

이반은 별로 놀라지 않았다.

"누구에게 듣기라도 했어요?"

"누가 말해 줬더라? 아, 맞아. 그 놈이 그랬어."

이반은 어젯밤 신사가 이 사건은 가장 유력한 증인이 스스로 목숨을 끊어 버려서 영원히 실마리가 풀리지 않을 것이라는 말을 들었다는 생각을 하고 있었다.

"그 놈이라니요?"

"사라져 버린 놈이지. 그 놈은 너의 때묻지 않은 얼굴을 보고 달아났어. 널 작은 천사라고 미챠 형이 그랬으니까."

"형님, 제발 고정하세요."

알료샤는 이반이 헛소리를 하자 안타까워서 소리쳤다.

이반은 제 정신이 아니었다. 그는 밤새도록 악마인 그 놈과 함께 있었다고 우겼다. 그 악마가 바로 자기라고 했다.

'이반 형은 진리의 빛 속에서 일어서거나, 자신을 비롯한 모든 사람에게 복수하겠다는 증오심으로 멸망하겠지.'

알료샤는 비통한 심정으로 이반의 얼굴을 물끄러미 바라보고 있었다.

유죄 판결

미챠의 재판은 오전 열시에 시작되었다. 불효 막심한 아들이
아버지를 살해했다는 소문은 이미 온 러시아에 퍼져 있었다.
그런 까닭에 재판정은 모스크바와 페테르부르크는 물론
그 밖의 여러 도시에서 몰려온 구경꾼들로 발 들여 놓을 틈도
없었다.
재판이 시작되었다. 증인들이 차례로 나와 선서하고 검사와
변호사의 심문에 대답했다. 그들은 하나같이 미챠에게 불리한
대답을 했다.
믿었던 카테리나도 미챠 대신 이반을 선택했다. 그녀가
내놓은 편지는 미챠가 범인이라는 결정적인 증거였다.

카테리나는 증언 도중 히스테리를 일으켰고, 그루셴카는
이렇게 소리를 질렀다.

"저 착한 척하는 여우가 드디어 본색을 드러냈다!"
이반도 미친 사람처럼 이 말 저 말을 중얼댔다.

"아버지를 죽인 것은 스메르쟈코프입니다. 여기 그 증거로
3천 루블이 있습니다. 절대로 형이 아닙니다."
그러나 아무도 이반의 증언에는 귀를 기울이지 않았다.

"역시 피는 물보다 진해. 제 정신이 아닌데도 형을 위해서
증언하러 나왔군!"
사람들은 이반을 동정했다.

그루셴카와 알료샤도 미챠가 범인이 아니라고 증언했다.
그러나 뒷받침할 만한 증거가 없었다.

의사는 피고가 정신 이상이라고 했다.
검사는 이 불행한 사나이가 틀림없이 아버지를 죽였다는
결론을 내렸다.

"미챠 표도르비치가 아버지를 죽인 것은 분명하지만, 그는
러시아가 안고 있는 모든 사회적 문제와 윤리적 병폐를
뒤집어쓴 불쌍한 사나이입니다. 따라서 그점을 참작해 주셔야
합니다."

변호사는 고작 이렇게 말했다.

마지막으로 피고의 최후 진술이 있었다.

"배심원 여러분, 이제와서 제가 무슨 할 말이 있겠습니까? 아무 변명도 하지 않겠습니다. 다만 저는 하느님 앞에 선 마음으로 여러분께 말씀드립니다. 저는 아버지의 피에 대해서는 결백합니다. 검사의 말을 믿지 말아 주십시오. 그리고 의사의 말도 믿지 마십시오. 저는 정신병자가 아닙니다. 만일 여러분들이 용서해 주신다면, 저는 여러분들을 위해 기도하겠습니다. 훌륭한 사람이 될 것을 약속하겠습니다. 부디 용서해 주십시오."

판결은 밤 1시에 있었다. 그 때까지 아무도 법정을 나가지 않았다. 사람들은 변호사의 변론에 감동한 나머지 미챠가 무죄 선고를 받을 것이라고 믿고 있었다.

이윽고 배심원들이 협의를 끝내고 다시 법정으로 들어왔다.

방청객들은 숨을 죽이고 판결을 기다렸다.

배심원 중 가장 젊은 사람이 목소리를 높여 선언했다.

"유죄입니다!"

"……."

법정은 찬물을 끼얹은 듯 고요했다.

"설마, 잘못 들은 건 아니겠지요?"

"저 사람이 뭐라고 했죠?"

모두들 화석이 된 듯 아무 말도 하지 못했다. 그리고
자신들의 귀를 의심했다.

"엉터리 판결이다!"

"맞아! 이건 엉터리 판결이야!"

"재판을 다시 해라!"

방청객들은 소란을 피우기 시작했다.

"하느님께 맹세하고 말합니다. 나는 결코 아버지를 죽이지 않았습니다!"

미챠는 법정이 떠나가도록 큰 소리로 통곡하기 시작했다.

"바보 같은 놈들의 엉터리 판결로 광산에서 20년 동안 흙냄새를 맡아야겠군."

"그래, 이 고장의 촌놈들이 고집을 부린 거야."

외지에서 온 사람들은 재판정을 빠져 나가면서 이렇게 투덜거렸다.

뒷 이야기

미챠의 재판이 끝나고 닷새가 지난 후 알료샤는 카테리나를
방문했다. 그녀는 재판 후에 정신을 잃고 쓰러진 이반을 자기
집에 데려다가 보살펴 주고 있었다.

카테리나는 알료사를 보자 마룻바닥에 쓰러지며 미친 듯
울부짖었다.

"미챠는 달아나야 해요. 이반은 형님을 위해 희생한
사람이에요. 시베리아로 호송될 때 세 번째 역에서 탈주시킬
거예요. 이반이 그 역의 역장을 만나고 왔답니다. 이반은
자기가 병에 걸릴 줄 알고 있었어요. 그래서 자기가 죽거나
병에 걸려서 말을 할 수 없게 되면 여기 계획서와 돈이 들어

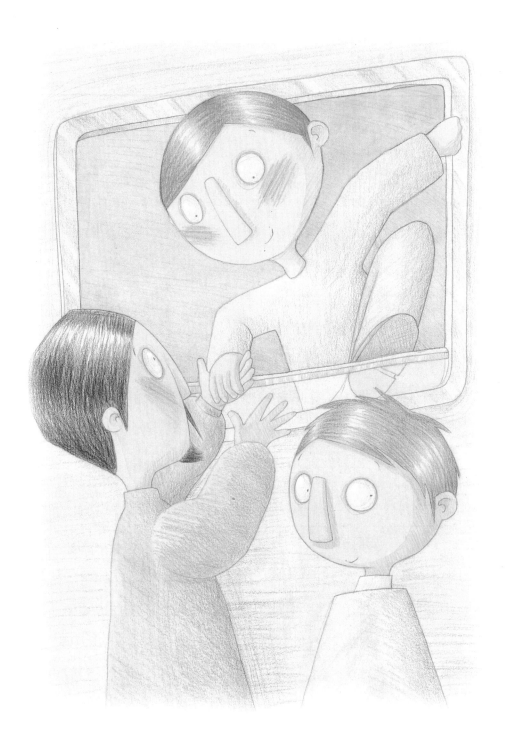

있으니 미챠를 도와 주라고 했어요. 이반은 한 번도 미챠가

범인이라고 생각해 본 적이 없어요. 그를 범인으로 믿었던 건

나예요."

알료샤는 울고 있는 카테리나에게 용건을 꺼낼 수가 없었다.

그저 가만히 앉아서 듣기만 했다. 카테리나가 다시

울먹거리며 말했다.

"걱정 마세요. 결국 미챠도 찬성할 거예요. 이반이 빨리

나아서 일을 주선할 수 있어야 할 텐데. 다만 내가 걱정하는

건 알료샤가 탈주시키는 일을 반대하지 않을까 하는 거예요.

하지만 당신도 결국 인정하겠지요. 오늘 제가 오라고 한 건

미챠를 설득해 달라고 하기 위해서예요. 당신은 탈주를

범죄라고 생각하나요?"

"그렇지는 않습니다. 형님께 오늘 중으로 말씀드리겠습니다.

형님은 오늘 당신이 와 주시기를 기다립니다."

"내가 어떻게 미챠를 만나요?"

"부탁드리겠습니다."

알료샤는 간곡히 부탁하고 카테리나의 집을 나왔다.

알료샤는 미챠를 찾아가 탈주 계획을 은밀하게 알렸다.

그 때 카테리나가 나타났다.

"당신은 아직도 내가 범인이라고 생각하시오?"

미챠가 밝은 표정을 지으며 물었다.

"아니에요. 단 한 순간도 당신이 범인이라고 생각하지

않았어요."

"고맙소."

미챠가 말했다.

미챠를 면회하고 나온 알료샤는 스네기료프의 아들 일류샤의

장례식에 갔다. 그 동안 폐병에 걸려 신음하던 일류샤가 죽은

것이다. 스네기료프는 알료샤에게 손을 내밀며 말했다.

"알료샤, 이렇게 와 주셔서 고맙습니다."

그 때 일류샤의 친구 크라소트킨이 물었다.

"알료샤, 당신의 아버님을 죽인 사람이 형님입니까, 아니면 하인입니까? 저는 그 생각을 하느라고 사흘 동안이나 잠을 못 잤어요."

"하인이 죽인 거야. 형님은 죄가 없어."

"그럴 줄 알았어요. 그럼 그 분은 정의를 위해 사라지는 것이군요. 부럽습니다."

"무슨 소린가? 이 문제는 정의하고는 상관이 없네. 부정에 희생된 거라면 또 모를까."

"저도 언젠가 정의를 위해서 제 자신을 희생할 겁니다."

"이런 부끄럽고 무서운 일로 스스로를 희생하는 건 절대로 좋은 일이 아니야."

"물론 저는 인류를 위해 희생할 겁니다. 아무튼 저는 선생님의 형님을 존경합니다."

"저도 존경해요."

옆에 있던 다른 아이도 말했다.

일류샤의 장례식이 끝난 뒤, 추도 예배를 드리기 위해 모두

일류샤의 집으로 갔다.

추도식이 시작되기 전 알료샤는 아이들과 잠깐

이야기를 나누었다.

"얘들아, 나는 이제 너희들과 헤어져야 할 것 같다.

내가 두 형님과 함께 지내는 것도 얼마 남지 않았거든.

한 분은 유형을 가고 또 한 분은 돌아가실 지경에 이르렀어.

어쨌든 나는 오랫동안 이 도시에 돌아오지 못할 거야.

비록 헤어지더라도 잊지 말자. 인생은 정직하고

훌륭한 일을 했을 때 참으로 아름다운 것이란다."

"종교에서는 죽었다가 다시 살아나서 목숨을 얻고

좋은 곳에서 만난다고 하는데, 그게 사실인가요?"

크라소트킨이 물었다.

"그보다 우린 살아서 다시 만나게 될 거야."

"아아, 그렇게 되면 얼마나 좋을까요!"

크라소트킨은 알료샤의 말에 기뻐하며 소리쳤다.

"자, 일류샤의 추도식에 가야지. 다같이 손을 잡고 가자."

"예, 선생님. 우리 오래오래 손잡고 살아요.

알렉세이 표도르비치 카라마조프 만세!"

아이들은 이렇게 환호성을 질렀다. ❀

● 이해 능력 Level Up!

1. 표도르의 성격적 특징 중 옳은 것을 고르세요.

    1) 욕심이 없다.   2) 방탕하다.   3) 성실하다.

    4) 자식에 대한 애착심이 강하다.

    5) 여자를 진실로 사랑한다.

2. 미챠는 어떤 행동 특성을 가진 사람인가요?

    1) 정열적이고 꼼꼼하다.

    2) 낭만적이며 이타적이다.   3) 신앙심이 강하다.

    4) 악랄하고 괴팍하다.   5) 정열적이나 방탕하다.

3. 이반의 성격과 다른 것은 어떤 것인가요?

    1) 정열적이고 개성이 강하다.

    2) 집착이 강하다.

    3) 총명한 무신론자다.

    4) 우유부단하고 자기 일을 남에게 미룬다.

    5) 불의에 저항하고 사회 정의를 세우려 애쓴다.

4. 다음은 알료샤에 대한 설명입니다. 이 설명을 통해 알 수 있는 알료샤의 성격은 어떤가요?

> 어떤 일이 있어도 남을 비난하거나 원망하지 않았다. 그리고 아버지의 집에 와서 민망하고 난잡한 광경을 수없이 보았으나 아버지를 증오하지 않았다.

1) 비판적이고 자기 생각만 내세우는 성격이다.
2) 다른 사람의 비판을 받아들이지 않는다.
3) 소심하고 내성적이다.
4) 타인을 이해하고 인간에 대한 신뢰를 가지려고 노력한다.
5) 괴팍한 이기주의자다.

5. 표도르의 하인 그리고리는 어떤 사람인가요?

1) 해방된 농노이면서 지주 댁에 그대로 머물고 있는 것으로 보아 머리가 모자라는 사람이다.
2) 마음이 따뜻하고 이해심도 있는 편이다.
3) 의심 많고 주인이 하는 일을 간섭하려 드는 고집쟁이다.
4) 힘있는 사람에게 굽실거리는 노예 근성의 소유자다.
5) 무엇이나 자기 중심으로 생각하는 이기주의자다.

6. 스메르쟈코프에 대한 설명 가운데 옳은 것을 골라 보세요.

1) 살인죄를 남에게 뒤집어 씌울 정도로 악랄하다.
2) 유약하여 병을 극복하지 못하는 요리사다.
3) 불우하게 태어난 별 특징이 없다.
4) 타인에 대한 이해가 깊은 사람이다.

5) 수다스럽고 간사하며 복수심에 불타는 성격의 소유자다.

7. 카테리나의 행동 특성을 나타내는 세 가지는?

1) 고집이 세고 자기밖에 모르는 귀족형이다.

2) 항상 이웃을 생각하고 선행을 베푼다.

3) 선악을 구별할 줄 아는 귀족이다.

4) 신경질을 잘 내고 뜻대로 안 되면 히스테리를 일으킨다.

5) 사랑도 거짓으로 할 수 있을 정도의 위선자다.

8. 다음 글에서 소년이 알료샤에게 밑줄 친 것처럼 행동한 이유는 무엇인가요?

> 알료샤가 돌아서려는데 소년이 쥐고 있던 돌을 던졌다.
> "애야, 내가 뭘 잘못했다고 그러니?"
> 알료샤가 나무랐다. 소년이 느닷없이 달려들어 손가락을 물고는 놓아 주지 않았다. 알료샤가 비명을 지르자 입을 떼었다. 손가락에서 피가 흘렀다.

1) 알료샤가 자신의 아버지의 턱수염을 잡고 끌고 다닌 미챠의 동생이라는 걸 알고 있었기 때문에

2) 알료샤가 자신이 예언자라고 떠들고 다녔기 때문에

3) 알료샤가 자신의 친구를 때렸기 때문에

4) 알료샤가 아주 나쁜 사람이라는 소문을 들었기 때문에

5) 그냥 장난을 치고 싶었기 때문에

● 논리 능력 Level Up!

1. 표도르의 세 아들 중 가장 긍정적인 사고를 가진 사람은?

2. 미챠의 재판 때 카테리나가 제시한 결정적인 유죄 판단의 증거
   가 된 것은 무엇인가요?

3. 그루셴카가 경찰에 잡힌 미챠에게 다음과 같이 말한 이유는 무
   엇인가요?

"이 사람이 그런 무서운 죄를
저질렀다면 저도 같이 재판을 받게 해 줘요.
사형이라도 달게 받겠어요."

4. 다음 글을 읽고 미챠의 수사 과정에서 검사가 저지른 잘못은 무
   엇인지 써 보세요.

> "그리고리는 죽지 않았소."
> "정말입니까? 고맙습니다. 나는 그가 죽은 줄 알고 오늘 아침 다섯
> 시에 자살할 생각이었지요. 그렇다면 이제 난 안 죽어도 되겠군요."
> 미챠는 기뻐서 소리쳤다. 그러나 검사는 미챠의 말을 믿지 않았다.

5. 이반이 미챠를 탈출시키려고 한 이유는 무엇인가요?

6. 다음은 스메르쟈코프가 이반에게 한 말입니다. 이 말을 통해 스메르쟈코프가 표도르를 죽인 동기가 될 만한 것을 찾아 보세요.

> "저도 도련님이 제게 그만한 기대를 걸고 있다는 생각은 했지요.
> 그래서 도련님이 제게 속마음을 들키신 거죠. 말하자면 '네가
> 우리 아버지를 죽여도 아무런 상관없다.
> 나는 방해하지 않겠다.' 이런 마음으로 여행을 떠나신 거
> 아닌가요?"

7. 알료샤가 수도원에 들어간 이유는 무엇인가요?

8. 표도르가 죽었을 때 스메르쟈코프는 의심을 피하기 위하여 어떻게 했나요?

● 논술 능력 Level Up!

1. 소피아가 불행해진 이유를 100자 이내로 써 보세요.

2. 다음은 조시마 장로가 세상을 떠난 뒤에 생긴 일입니다. 이 글을 읽고 어떤 점을 느꼈는지 써 보세요.

> 그런데 하루가 다 가기도 전에 조시마 장로의 시체가 부패하면서 냄새를 풍기기 시작했다.
> "성자의 시체는 썩지 않고 향기가 난다고 했는데……."
> "장로가 죽은 지 하루도 안 되어 썩는 냄새를 풍기다니, 잘난 체는 혼자 다하더니 성자가 아니었구먼."

3. 유신론자(종교를 믿는 사람)와 무신론자(종교를 믿지 않는 사람)가 갖는 가장 두드러진 차이점이 무엇인지 요약해 보세요.

_____

_____

4. 다음은 카라마조프 가족 모임 때, 표도르와 미챠가 한 주장입니다. 여러분이 두 사람을 화해시킬 중재자라면 무슨 말을 하고 싶은지 간단하게 써 보세요.

이 녀석은 내가 아비가 아니었으면
칼부림이 났을지도 모릅니다.
또 이 녀석은 존경받아 마땅한
퇴역장교의 수염을 질질 끌고 다니면서
하마터면 살인을 할 뻔했어요. 이유는
그 사람이 이 아비 대리인 노릇을
했기 때문입니다."
"거짓말입니다. 제가 그를 짐승
다루듯 한 것은 사실입니다만, 그가
아버지의 사주를 받고 그루셴카에게 부탁했기 때문입니다. 어음을
줄 테니 미챠가 와서 재산을 청구하면 소송을 내어 그를 감옥에
처넣어 달라고 말입니다.

_____

_____

5. 이 소설에 등장하는 스메르쟈코프는 가장 악랄한 인물이라고 할 수 있습니다. 무엇이 스메르쟈코프를 그렇게 만들었을지 생각해 보세요.

6. 이반은 총명하고 글을 잘 썼으며 대학 교육도 받았습니다. 그런 그가 냉담한 무신론자로서 섬망증 환자가 될 수밖에 없었던 이유는 무엇일까요?

7. 이반은 '그 놈'과 밤을 새워 가며 토론했습니다. 만일 여러분이 '그 놈'을 만날 수 있다면 뭐라고 이야기할지 상상해 보세요.

8. 다음 글을 읽고 카테리나의 위선과 거짓 사랑을 비판하는 글을 써 보세요.

> "카테리나는 형이 아버지를 죽였다는 걸 증명할 수 있는 결정적인 편지를 가지고 있어. 미챠가 직접 쓴 편지야. '아버지를 죽여서라도 당신의 3천 루블을 갚아 주겠소.' 뭐 그런 내용인 것 같아."

풀이

이해 능력 Level Up!

1. 2)   2. 5)   3. 5)   4. 4)

5. 2)   6. 1)   7. 1), 4), 5)   8. 1)

논리 능력 Level Up!

1. 알렉세이 표도르비치 카라마조프

2. 아버지를 죽여서라도 3천 루블을 갚겠다는 미챠의 편지

3. 미챠를 사랑하기 때문에

4. 미챠의 평소 행동만 보고 다른 사람은 의심하지 않았으며, 스메르쟈코프를 제대로 수사하지 않은 점

5. 미챠가 범인이 아니라는 걸 알고 있었기 때문에

6. 돈이 탐났고, 이반이 그러기를 원한다고 생각했기 때문에

7. 조시마 장로의 영향을 받아서 수도사가 되려고

8. 거짓으로 간질 발작을 일으킴

논술 능력 Level Up!

1. 예시 : 미망인의 잔소리와 변덕이 소피아를 견디지 못하게 하였다. 소피아는 자살하고 싶다는 생각에 잠기었고 겨우 열다섯 살에 늙은 표도르와 결혼했다. 그 심정을 이해할 수도 있지만 결혼은 경솔했다. 소피아가 불행해진 가장 큰 원인은 잘못된 결혼에 있다고 봐야 한다.

2. 예시 : 평소 존경하던 조시마 장로가 세상을 떠나자 몸에서
   냄새가 난다고 해서 곧바로 돌아서서 비난하는 행동은 정말
   어이없고 바람직하지 못한 모습이다. 그리고 종교에 대해 절
   대적인 믿음을 가지고 융통성 없이 행동하는 것도 좋지 않다
   고 생각한다. 그렇게 되면 진정한 종교의 의미를 퇴색시킬 수
   있다.

3. 예시 : 유신론자는 영생을 믿기 때문에 사랑이 존재하고 사랑
   만이 인류를 구원할 수 있다는 생각을 갖고 있다. 반면에 무신
   론자는 사람들이 살아가는 세상은 사람에 의해 발전하므로,
   그러기 위해서는 때로는 선뿐만 아니라 악도 필요할 때가 있
   다고 여긴다.

4. 예시 : 표도르에게 해 주고 싶은 말
   "표도르 씨, 제발 의심을 버리고 아들의 좋은 점을 찾아보세
   요. 아무리 나쁜 사람이라도 좋은 점은 가지고 있습니다. 돼지
   눈에는 돼지만 보이고 부처 눈에는 부처만 보인다는 말도 있
   습니다."
   예시 : 미챠에게 해 주고 싶은 말
   "미챠 씨, 아버지를 너무 못 믿는군요. 저주를 버리고 아버지
   를 사랑으로 대하십시오. 아들과 아버지가 서로 욕하는 것은
   누워서 침 뱉기나 다름없습니다."

5. 예시 : 훌륭한 사람이 되느냐 악인이 되느냐 하는 데는 여러 가지 원인이 있다. 그 중 가장 중요한 것은 환경과 교육이다. 훌륭한 부모 밑에서 제대로 된 교육을 받으며 자라면 훌륭한 사람이 될 수 있고, 반대로 나쁜 환경과 방탕한 부모 밑에서 자라면 저도 모르는 사이에 악인이 될 수 있다. 스메르쟈코프는 정신 이상인 걸인과 돈밖에 모르는 아버지 표도르 사이에서 태어나 고아로 자라난 간질 환자다. 그를 악인으로 만든 것은 표도르라고 할 수 있다.

6. 예시 : 타고난 자질이 훌륭하고 총명한 사람이라도 그가 처한 환경에 따라 엉뚱한 일을 저지를 수도 있다. 이반은 욕망과 방탕한 생활에 찌든 어릿광대의 아들이었다. 따라서 아버지에 대한 불만이 쌓여 갔고 재산 상속 문제, 형의 약혼녀를 사랑하게 된 죄책감 등에 시달리게 되자 자신을 학대하게 되었다. 그래서 더 이상 그러한 일들을 견디지 못하고 마침내 정신 이상을 일으키게 됐다.

7. 예시 : 이반이 만나 토론한 '그 놈' 은 섬망증이라는 정신병에 걸린 사람만이 볼 수 있는 헛것이다. 헛것은 극도로 허약하거나 해결하기 어려운 일에 시달리는 사람에게 나타난다. 만일 내가 섬망증 환자가 된다면 그것은 스트레스 때문일 것이다. 나는 공부와 외모 때문에 받는 스트레스가 크다. 내게 그 놈이 나타난다면 처음에는 제발 나를 괴롭히지 말라고 사정하겠다.

그러나 나중에는 부모님의 도움을 받아 치료를 받아 가면서 그 놈의 기를 꺾어 놓을 것이다. 사람은 누구나 고민을 가지고 있으며 여러 가지 스트레스를 받는다. 거기에서 벗어나는 일은 쓸데없는 욕심을 버리고 항상 건강하고 건전하게 생활하는 것이다.

8. 예시 : 이반을 좋아하면서 겉으로는 미챠를 사랑하는 척하다가 재판정에서 결정적인 증거가 될 수 있는 미챠의 편지를 제시하여 복수하면서 이반을 선택하는 행위는 악랄하고도 옳지 않은 행동이다.

'그 여자는 나를 사랑하는 것이 아니라 자신의 선행을 사랑하고 있다.'는 미챠의 말은 그녀의 위선을 잘 나타내 준다. 미챠가 먼저 카테리나를 배신한 것처럼 보이지만 그들은 아직 결혼하지 않았다. 미챠는 이반과 카테리나가 서로 사랑하는 줄 알고 물러나려 하지만 카테리나는 계속 미챠를 사랑하는 체한다. 자기의 체면과 남을 의식하여 사랑을 가장하는 카테리나가 가소롭다.

초등권장도서 세계 명작 시리즈

※효리원 세계 명작 시리즈는 계속 발간됩니다!